정령의 펜던트

ORIGINAL FANTASY STORY & ADVENTURE

발렌 판타지 장편소설

dream
books
드림북스

정령의 펜던트 13 상급 진화

초판 1쇄 인쇄 2021년 3월 10일
초판 1쇄 발행 2021년 3월 24일

지은이 발렌
발행인 오영배
편집 편집부
일러스트 보살
만화 빅피
표지 · 본문 디자인 오정인
제작 조하늬

펴낸 곳 (주)삼양출판사 · 드림북스
주소 서울시 강북구 도봉로 173
대표 전화 02-980-2112 **팩스** 02-983-0660
편집부 전화 02-987-9393 **팩스** 02-980-2115
블로그 blog.naver.com/dreambookss
출판등록 1999년 3월 11일 제9-00046호

© 발렌, 2021

ISBN 979-11-283-9860-5 (04810) / 979-11-283-9513-0 (세트)

드림북스는 (주)삼양출판사의 판타지 · 무협 문학 브랜드입니다.

13
발렌 판타지 장편소설
ORIGINAL FANTASY STORY & ADVENTURE
◆ 상급 진화 ◆
정령의 펜던트
dream books
드림북스

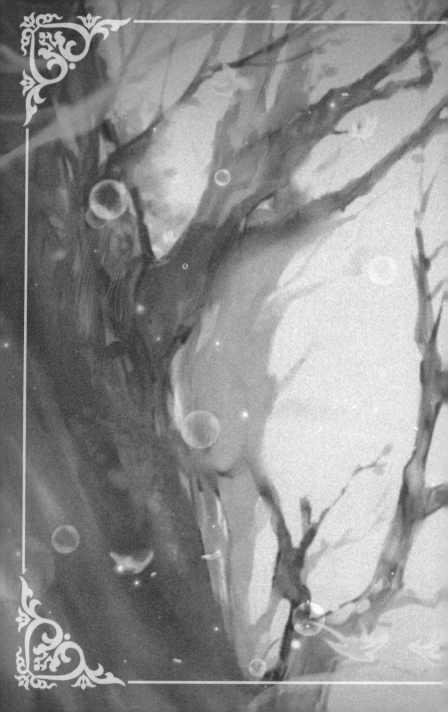

목차

Chapter 1.
템페스타호

1.

"라이, 이 배 이름이 뭐랬지?"

에이단이 고개를 위로 한껏 쳐든 채 일라이에게 물었다.

"글쎄. 승선할 때 보니까 선체 밖에 뭐라고 쓰여 있긴 하던데, 관심 없어서 자세히 안 봤어."

대답하는 일라이 역시 에이단과 다를 바 없는 자세였다. 두 손으로 배의 난간을 꽉 붙들고 하늘을 올려나보는 그들의 시선 끝에는 며칠 전 중급 정령이 된 템페스타가 있었다.

"저렇게 좋을까?"

"보고 있으면서 뭘 묻냐? 자기만 하급 정령이라고 진상 부리던 거 그새 잊었어?"

"그걸 어떻게 잊겠어. 그냥 난 이러다 바율 신분 들통날까 봐 그게 걱정이지. 속도가 빨라도 너무 빠르잖아."

일행은 캔자스시의 일을 마무리 짓고 본래의 목적지인 가국으로 향하는 길이었다. 가국의 수도인 금양에 가는 가장 빠른 방법은 캔자스시에서 배를 타고 캄브리아 강을 거슬러 올라가는 것이다.

바율의 가국 방문은 아직 극비 사항이었기에 되도록 눈에 띄지 않게 이동 중이었는데, 문제는 배를 타고 나서부터였다.

중급 정령으로 올라선 템페스타가 흥을 주체하지 못하고 자꾸만 강풍을 일으키는 바람에 범선에 가속도가 붙어 나아가는 속도가 점점 빨라지고 있었다.

다행히 녀석의 모습은 일행에게만 보이는 상태라서 지금까지는 그들의 정체를 눈치챈 사람이 없었지만, 작금의 사태가 계속되면 상황이 달라질지도 몰랐다.

그러잖아도 그들 일행은 눈에 띌 수밖에 없었다. 최대한 수수하게 차려입는다고 나름대로 노력했으나, 타고난 귀티를 숨길 수는 없는 법이다.

가뜩이나 드로우 후작가의 일로 정령에 관한 말이 많아진 요즘, 템페스타를 말리지 않는다면 바율의 신분이 드러나는 건 시간문제였다.

"그건 그렇긴 한데, 감동해서 질질 짜는 것보다는 낫지 않냐?"

"낫기야 하지. 그래도 계속 저대로 두면 안 될 거 같아. 봐 봐. 다들 어리둥절한 얼굴이라고."

강바람을 쐬러 밖으로 나온 사람들은 물론이고, 배를 조종하는 항해사와 승무원들까지 고개를 갸웃하며 주변을 살피고 있었다.

에이단과 일라이는 몰랐지만, 선장실에 있는 선장 역시 비슷한 표정이었다. 그로서는 지난 십수 년간 셀 수 없을 정도로 많이 오갔던 뱃길이었다. 하나 이 시기에 이런 바람을 맞이했던 적은 단 한 번도 없었다.

"저 녀석을 말릴 수 있는 건 바율뿐이야. 얼른 밑으로 내려가자."

바율은 다른 일행들과 함께 특등실에 머물고 있었다. 그리 길지 않은 여정이었지만, 남들의 이목이 쏠리는 것을 방지하기 위한 차원이었다.

"바율!"

에이단과 일라이가 선실에 들어섰을 땐 이미 선객이 있었다. 퀸과 로건, 이언과 맥이었다. 그들은 탁자를 중심으로 둘러앉아 뭔가 심각한 이야기를 나누고 있었다.

"뭐냐? 우리만 빼고 비밀 얘기해?"

"비밀은 무슨. 그냥 상의 좀 하느라."

"상의?"

"응, 아버지께 펜던트에 대해 어디까지 말씀드려야 하나 싶어서."

캔자스시에는 이미 만월 기사단이 주둔 중이었다. 란데르트 공작이 직접 오지는 않았지만, 정예로 구성된 이들이 이틀 전 도착해 만일의 사태를 대비하고 있었다.

그리고 바로 어제, 황궁에서도 금번 사건에 관해 사람을 보내왔다. 바율은 그에게서 황제의 서찰을 전달받았는데, 거기엔 일단 가국행을 서두르라는 지시가 적혀 있었다.

"바율, 네 어머니에 대한 소식이잖아. 들으면 분명 기뻐하실 텐데, 한시라도 빨리 전해야 하는 거 아니야?"

"하지만 바율이 언제쯤 다시 어머니의 목소리를 들을 수 있을지 보장이 없어. 공작 전하께 괜한 기대만 안겨 드리는 게 아닌가 해서 말이야."

로건이 대신 설명하자 에이단과 일라이가 납득이 간다는 듯 고개를 끄덕이며 다가와 앉았다.

"하긴, 지금쯤 아들 덕분에 베르가라에서 한창 바쁘실 텐데 공연히 신경 쓰시게 할 필요는 없지."

란데르트 공작이 바로 캔자스시로 오지 못한 건 드로우

후작 때문이었다. 바율이 특무대신의 권한으로 옥에 가두기는 했지만, 어쨌거나 그는 한 나라의 귀족이자 대신이었다.

후작에 대한 처벌은 아마도 길고 긴 회의 끝에 결정이 날 것이다. 바율도 적지 않게 관련이 된 만큼 란데르트 공작은 어느 때보다 신중하게 사건을 검토할 터였다.

"가국에서의 일을 마치고 돌아가면 그때 말씀드려도 늦지 않을 거야. 그러니 너무 마음 쓰지 마, 바율."

로건은 조금 전 했던 말을 다시금 반복하며 바율을 안심시켰다.

"나도 로건 의견에 찬성! 지금 급한 건 가국 일을 해결하는 거잖아. 막중한 임무를 맡았으니 집중하자고."

"나도 그러고 싶은데…… 그게 잘 안 돼. 정령계에 혼자 계실 어머니를 생각하면 너무 안쓰럽고 머릿속이 복잡해져서……."

"네 어머니께서 정령계에 혼자 계시다니? 바율, 그게 무슨 소리야?"

"어휴, 이전에 내가 해 준 말 그새 까먹었냐?"

"……?"

눈을 동그랗게 뜨며 쳐다보는 에이단에게 일라이가 한숨을 내쉬며 말했다.

"정령계는 벌써 오래전에 멸망했다고 했잖아. 공간은 남아 있어도, 그 세계에 생명체는 없을 거란 얘기지."

"아, 그게 또 그렇게 해석이 되는 거구나?"

미처 생각하지 못했던 부분이었다. 에이단이 미안했는지 바율을 향해 어색하게 웃어 보였다.

"…많이 외로우시겠지?"

아몬의 말대로라면 어머니께서 정령계로 소환되신 건 바로 자신 때문이었다. 어머니께서 지니고 계셨어야 할 전대 정령왕의 힘이 자신에게로 넘어오면서 이 모든 사달이 난 것이다.

물론 그 역시 알고 있었다. 본인의 의지로 태어날 수 있는 사람은 없다는 걸. 그렇기에 그 모든 게 자신의 잘못이 아니라는 것 또한 잘 알지만, 그래도 아버지와 어머니의 사이를 떨어뜨리게 한 장본인이 자신이라는 생각이 자꾸 들어 죄책감을 쉽게 떨쳐 낼 수 없었다.

"어머니와 또 한 번 대화하고 싶어……. 그래서 할 수만 있다면 아버지와 다시 만나게 해 드리고 싶어. 그럴 수 있을까?"

"당연히 그럴 수 있지."

"…그럴 수 있다고? 어떻게?"

퀸의 단호하리만치 확고한 말에 바율은 화들짝 놀랐다.

"방법은 간단해. 계약만 하면 되니까."

"계약?"

"그래, 란데르트 공작 전하께서 너의 어머니와 계약을 하시면 언제든 소환하실 수가 있어. 보고 싶을 때마다 불러 내실 수가 있다는 뜻이야."

"오, 그럼 공작 전하도 바율처럼 정령사가 되시는 건 가?"

"굳이 말하자면 그렇지."

"하지만 정령사가 되려면 소질이 있어야 한다고 하지 않 았어?"

"역시 똑똑하다니까. 그걸 안 까먹고 있었네."

일라이가 로건을 손가락으로 가리키며 끼어들었다.

"맞아. 정령과 계약을 하기 위해선 타고난 소질이 필수 지. 근데 바율의 아버지는 예외이실 수도 있어. 이미 지닌 바 능력이 인간의 범주를 벗어난 지 오래거든."

마에스터의 경지에 오른 란데르트 공작은 여러 면에서 평범한 인간의 기준으로는 설명할 수 없는 부분이 많았다. 그러니 그에게 소질이 있든 없든 간에 성령과 계약하는 건 그리 어려운 일이 아닐 거라고 일라이는 생각했다.

"단, 그 이전에 바율 네가 정령계를 복원시키는 게 먼저 인 건 알고 있지?"

"아버지와 어머니께서 그보다 먼저 만나실 수는 없을까?"

반색하던 바율의 눈가에 재차 그늘이 졌다. '정령계의 복원'은 언제 마무리될지 모르는 아득한 먼 미래의 사안이었다. 마음 같아선 일을 마치고 해밀턴으로 돌아가는 즉시 아버지와 어머니를 만나게 해 드리고 싶었다.

"정령계가 멸망하면서 인간계와 이어진 문도 닫혔어. 그걸 열기 위해선 정령왕들이 있어야 해."

"그러니까 이노센트와 셰임, 스피넬과 템페스타가 빨리 성장해야 한다는 소리구나?"

"그렇지. 녀석들이 정령왕이 되어야만 틀어진 모든 걸 바로잡을 수 있게 될 거야."

"나 또 궁금해졌는데, 애초에 정령계는 왜 멸망한 거냐? 정령계에 대체 뭔 일이 있었기에 이렇게 된 거냐고."

"에이단, 그건 나도 모른다고 했잖아."

"이사장님께 안 물어봤어? 이사장님이라면 아실 것 같은데."

"그자라면 알 수도 있겠지. 정 그렇게 궁금하면 당장 이리로 불러다 줘?"

"…여기까지 이사장님을 무슨 수로? 라이, 농담이 지나치다."

드래곤인 라예가르라면 공간 이동으로 단번에 올 수 있었다. 하지만 지금 이 자리엔 그들만 있는 것이 아니었다. 맥의 눈치를 살피며 로건이 은근슬쩍 화제를 돌렸다.

"그보다 일전에 셰임이 그랬잖아. 전대 정령왕들이 멸망 직전에 몇몇 수하들을 이곳으로 피신시켰다고. 바율의 어머니가 그중 한 분이라면 다른 수하들은 어디에 있는 걸까? 인간계에 남아 있기는 할까?"

"그때 셰임이 말하길 기억의 조각을 다 찾지 못했다고 했지? 그럼 템페스타에게 물어보는 건 어때? 녀석도 이제 막 중급이 되었으니까, 뭔가 기억나는 게 있을지 모르잖아."

"아, 맞다! 템페스타! 내가 그 녀석 때문에 여기 온 건데 깜박했다!"

퀸에게서 '중급'이라는 말이 튀어나온 순간 에이단은 조금 전의 일이 기억났다.

"바율, 템페스타 좀 말려야겠더라. 지금 배 속도가 장난이 아니야!"

"속도?"

"그래, 이 안에서는 잘 안 느껴지는데 위에 올라가 보면 깜짝 놀랄걸? 바람 엄청 불고 있다고!"

에이단과 일라이의 재촉에 일행은 황급히 갑판으로 올라

갔다. 그리고 신이 나서 범선 주위를 뱅글뱅글 돌고 있는 템페스타를 발견했다.

"저 녀석은 중급이 됐는데도 어째 변한 게 하나도 없지? 셰임처럼 뭔가 극적인 변화가 있어야 하는 거 아닌가?"

외형만 십 대 소년으로 바뀌었을 뿐, 얼굴도 성격도 어느 것 하나 크게 달라진 점이 없었다. 사실 얌전한 건 바라지도 않았다. 사고만 치지 않으면 다행이었다.

"바율! 나 보러 왔어?"

바율이 눈에 들어오자 반가웠는지 템페스타가 까르르 웃으며 한달음에 그들 앞으로 날아왔다.

"꺄아악!"

"으아학!"

그 덕에 선체가 크게 흔들리며 여기저기서 비명이 쏟아졌다.

"내 모자!"

그리고 그중엔 에이단도 포함되어 있었다. 잠든 잉그리드를 덮고 있던 녀석의 모자가 갑작스러운 돌풍을 이겨 내지 못하고 바다 위로 획 날아가 버린 것이다.

"삐욕!"

이어 잉그리드 역시 바람에 떠밀려 순식간에 일행에게서 멀어졌다. 녀석이 날개를 퍼덕이며 돌아오려 했지만, 변신

수로 몸을 키우지 않는 한 무리였다.

"잉그리드!"

놀란 에이단이 갑판 위를 달리며 잉그리드의 이름을 부르짖을 때였다. 선체가 흔들릴 정도로 몰아치던 돌풍이 별안간 멎더니 어디선가 부드러운 바람이 불어왔다. 그리고 멀어졌던 잉그리드가 그 바람을 탄 채 에이단의 품으로 다시 돌아왔다.

"…바율?"

"도련님……!"

이언과 맥, 친구들은 분명하게 보았다. 찰나지만 바율의 눈동자가 또다시 은백색으로 변했다.

"설마 바율, 지금 이거 네가 한 거야?"

바율은 정령을 다루는 정령사이니 바람에 관해서는 템페스타에게 부탁을 하면 될 일이었다. 하지만 방금 상황은 녀석의 힘을 빌린 게 아니라는 걸 일행 모두가 알 수 있었다. 지난번 세자리오를 불구로 만들었던 때처럼, 바율에게서 또다시 힘이 발현된 것이다.

"아하하…… 아무래도 그런 것 같지?"

날아가는 잉그리드를 본 순간 바율은 그저 녀석을 구해야겠다고 생각했을 뿐이었다. 그다음은 알아서 바람이 멈추었고, 그대로 잉그리드를 데려왔다.

아직 뭐가 어떻게 된 건지 잘은 모르겠지만, 한 가지 확실한 것은 이번엔 본인의 상태를 자각하면서 행동했다는 점이었다.

2.

뿌우우우—

배가 항구에 도착했다는 뱃고동 소리가 선체 구석구석으로 퍼졌다. 바율이 시계를 보니 도착 예정 시각보다 무려 세 시간이나 일렀다.

모든 게 템페스타 덕분이었다. 바율이 흥분을 가라앉히라며 단단히 주의를 주었음에도 불구하고 녀석은 이후로도 두 번이나 더 강풍을 일으켰다.

"오늘부로 이 배 이름은 템페스타호라고 부르자! 내가 내리면서 선장님에게 바꾸라고 건의해야겠어!"

녀석의 바람이 순풍이었기에 망정이지, 역풍이었다면 아마 오늘 안으로 항구에 도착하지도 못했을 것이다. 바율은 거기에 의의를 두고 템페스타를 더는 나무라지 않았다.

한편으로는 얼마나 기쁘면 이럴까 싶기도 했다. 그간 많이 서러워했으니 위험한 일을 만들지 않는 이상 당분간은 실컷 즐기도록 놔둘 참이었다.

'그래도 세임처럼 뭔가 기억을 떠올렸더라면 더 좋았을 텐데……'

일행과 함께 선실을 나서며 바율은 애써 아쉬움을 속으로 삼켰다.

어째서인지 템페스타 역시 이노센트처럼 중급 정령이 되고서도 기억의 조각을 찾지 못했다. 녀석을 붙들고 이것저것 물어보았지만, 건진 건 하나도 없었다. 친구들과도 줄곧 그에 관해 대화를 나누어 보았으나 해답을 얻지 못했다.

"바율, 너무 조급해하지 마."

"언젠가는 알 수 있게 되겠지."

"여유 좀 가져."

답답해하는 바율에게 친구들이 각자 자기들만의 방식으로 위로를 건넸다.

하지만 어머니의 음성을 들은 직후여서일까. 바율은 쉽사리 마음 정리가 되지 않았다.

"이 녀석 얼굴이 왜 이 모양이야? 그새 뭐 일 있었어?"

"그러게요. 바율 도련님, 왜 죽상을 하고 계십니까?"

"누가 사고라도 쳤습니까?"

데스와 그의 형제들은 승선하자마자 선실에 똬리를 틀고 앉아 배에서 파는 모든 음식을 맛보는 데 온 관심과 정성을 쏟았다. 그 탓에 내릴 때가 되어서야 바율을 마주한 그들은 의아할 수밖에 없었다.

"데스 씨는 도련님의 호위 기사라면서 여태 먹기만 한 거예요?"

뱃멀미로 내내 선실 침대에만 누워 있던 리타가 흡사 먹 잇감을 발견한 맹수처럼 데스에게 쏘아붙였다.

기실 그녀는 지금 기분이 상당히 좋지 않았다. 생애 처음 으로 배를 탔다는 설렘도 잠시, 머리는 어지럽고 속에서는 계속 메스꺼운 구역질이 올라와서 아무것도 할 수가 없었 다.

그런 그녀 앞으로 입가에 과자 부스러기를 잔뜩 묻힌 데 스 형제가 나타났으니 얼마나 배알이 꼴리겠는가.

평소엔 '스승님, 스승님!' 하며 곁에 찰싹 붙어 애교를 부리던 바르까지 그녀가 고생하는 동안 괜찮으냐고 단 한 번을 물으러 오지 않았다.

배신감이 이루 말할 수가 없었다. 마음 같아서는 단체로 며칠 확 굶겨 버리고 싶을 정도였다.

"스승님! 아직도 멀미가 심하신 겁니까? 제가 업어 드릴 까요?"

"됐거든요! 이제 와서 무슨!"

아직 몸 상태가 정상은 아니었지만, 새로운 도시에 왔으니 열심히 관광에 나서야 할 때였다.

"그리고 얼굴에 묻은 흔적들이나 치우고 그런 말 하세요! 한두 살 어린애도 아니고 창피하게 진짜!"

더 얘기하면 리타의 입만 아팠다. 그녀가 뾰족한 시선으로 데스 형제를 한차례 흘겨보고는 빠르게 바율에게로 붙었다.

"형님, 제 얼굴에 뭐 묻었습니까?"

돌아서며 묻던 바르가 데스를 보고는 움찔했다.

"왜 놀라는데?"

"저기, 그게⋯⋯."

솔직하게 말하자니 그걸 왜 이제야 말하는 거냐며 몇 대 맞을 것 같고, 그렇다고 말을 안 하자니 마계 총사령관으로서의 체통이 염려되었다. 그에 바르가 망설이는데, 예기치 못한 인물이 나섰다.

"어라? 형님 볼때기에 그게 뭡니까? 저녁에 찾아 드시려고 일부러 붙여 놓으신 겁니까?"

"⋯뭐?"

"큭큭, 거울 좀 가져와서 보여 드려요? 지금 형님 얼굴, 진심 혼자 보기 아깝습니다. 폐하께서 계셨으면 박장대소하셨을걸요?"

"아고스."

아몬과 바르는 데스의 심기가 언짢아지고 있음을 느낄 수 있었다. 불상사를 막기 위해 녀석에게 그만하라며 열심히 경고했지만, 안타깝게도 그들의 막내에겐 눈치라는 게 조금 부족했다.

"쿡쿡, 당분간 이러고 다니시는 것도 재미있을 것 같긴 합니다."

딱!

"아얏! 아몬 형님, 갑자기 왜 때리세요?"

"왜긴 왜겠냐? 다 너 살려 주려고 그러지."

퍼억!

이번엔 바르였다. 그가 아몬에 이어 아고스의 뒤통수를 한 번 더 세게 날렸다.

"아 씨, 아파요! 왜 이러는 건데요! 이유나 알고 맞읍시다!"

"모르는 게 신상에 이로울 거다."

"우리가 귀한 목숨 살려 준 줄이나 알아."

바르와 아몬은 억울함에 인상을 가득 쓰고 있는 아고스에게 잔말 말고 따라오라며 명한 뒤, 말없이 이동하는 데스를 쫓아 급히 배에서 내렸다.

"호오! 여기는 뭔가 새롭군!"

일행이 도착한 곳은 가국에서도 가장 번화한 곳으로 꼽

히는 기란항이었다. 이국적인 항구의 모습은 마족인 데스의 눈에도 꽤 근사하게 비쳤다. 덕분에 아고스의 다소 건방진 언행도 금세 그의 기억 속에서 지워졌다.

건물의 건축 양식은 물론이며, 오가는 사람들의 생김새와 복색까지 어느 하나 독특하지 않은 것이 없었다. 어디선가 풍겨 오는 음식 냄새 또한 제국과는 판이했다.

"당연히 여기 음식도 맛있겠지?"

"기승전 먹거리구먼."

흥미롭게 주변을 살피던 일라이가 데스의 목소리에 반응하며 표정을 구기자 바율이 자연스레 끼어들며 말을 돌렸다.

"가국의 음식은 나도 궁금해. 여긴 향신료가 특이하다고 들었거든."

"맞아. 캐링스턴에 가국 음식점이 몇 개 있는데, 내가 좀 먹어 봤거든? 맛이 나쁘지 않더라. 여긴 본토니까 더 맛있지 않을까?"

"그러면 다행이지요. 음식이 입에 맞지 않으면 꽤 고생하실지도 모릅니다."

타국 경험이 많은 이언은 사실 그게 걱정이었다. 중요한 일을 하러 와서 제대로 먹지 못한다면 그거만큼 힘든 게 없다.

"근데 그건 그렇고, 마중 나온다는 왕실 사람들은 어디 있습니까? 대충 봐도 그런 자들은 안 보이는데요?"

"그러게 말입니다. 저도 좀 전부터 계속 둘러보고 있는데, 아무래도 저희가 너무 일찍 도착한 것 같습니다."

맥이 '어떡하죠?'란 눈빛으로 바율과 일행을 돌아보았다. 다들 사태의 원흉인 템페스타에게 따져 묻고 싶은 기색이 역력했지만, 미리 알고 피한 건지 어쩐 건지 조금 전부터 녀석의 모습이 보이지 않았다.

"흠, 출출하기도 하니까 일단 근처에서 식사부터 하고 있을까요?"

"그거 아주 좋은 생각이군!"

바율의 의견에 가장 먼저 찬성을 외친 건 역시나 데스였다. 배에서 그렇게 먹고도 또 입맛이 당기는지 벌써부터 군침을 삼키고 있었다.

"사람들의 관심이 더 쏠리기 전에 실내로 들어가는 게 좋을 것 같긴 합니다."

기란항은 가국의 대표 항구답게 외국인도 심심치 않게 목격할 수 있었다. 하지만 그렇다고 해도 엄연한 가국의 땅이었다. 열여섯이나 되는 일행 전체가 외국인이다 보니 지나는 이들의 호기심 어린 눈빛을 피할 길이 없었다.

그때였다.

"안녕하세요! 폴스카 제국에서 오신 분들이지요?"

한 열여섯, 열일곱 정도 되었을까?

바율과 비슷한 또래로 보이는 소년 하나가 능숙한 제국어로 일행에게 말을 걸어왔다.

"누구냐?"

소년은 척 보기에도 황궁과는 거리가 멀어 보이는 차림새였다. 그에 이언이 한 걸음 앞으로 나서며 경계하자 소년이 하얀 이를 드러내며 씨익 웃었다.

"나리, 제 이름은 호세라고 합니다. 이 근방 식당에서 점원으로 일하고 있습지요. 실례가 안 된다면 제가 나리와 일행분들을 안내하고 싶은데, 괜찮으시겠습니까?"

"와, 가국인인데 제국 말을 엄청 잘하네?"

"헤헤, 먹고 살기 위해서 어깨너머로 배웠을 뿐입니다."

에이단의 칭찬에 호세라는 소년이 멋쩍게 웃으며 목덜미를 긁었다.

"딱히 정해 둔 곳도 없는데, 이리로 갈까?"

배가 막 도착한 항에는 여기저기에서 호객 행위가 줄을 잇고 있었다. 저녁을 먹기에는 다소 이른 시각이긴 했지만, 마땅히 할 일이 없는 그들에겐 더 나은 선택지가 없었다.

"그래, 허기 좀 채운 다음에 근처 구경이나 하고 있자. 그러다 보면 도착하겠지. 난 좋아."

일라이가 동의하자 로건과 퀸도 고개를 끄덕였다. 데스는 이미 헤벌쭉 웃고 있었고, 이언과 맥도 그러자며 서로 눈빛을 주고받았다.

"탁월한 선택을 하신 겁니다! 기란항에서 저희 식당보다 맛있는 곳은 정말 찾기 힘들거든요!"

"그 말 진짜야?"

"그럼요! 백 퍼센트 보장합니다! 만약 맛이 없거든 음식 값을 치르지 않으셔도 됩니다!"

"호오, 패기가 대단한데?"

보통의 자신감으로는 절대 할 수 없는 말이었다.

"도련님, 저희가 운이 좋은가 봐요. 가국 음식 맛은 어떨지 되게 기대돼요!"

리타는 요리하는 사람이라서인지 가국의 음식에 대해 누구보다 궁금해했다.

"도련님도 드셔 보시고 특별히 맛있는 거 있으시면 저한테 꼭 말씀해 주세요. 제가 레시피 알아내서 귀국하면 직접 해 드릴게요!"

어려서부터 입이 짧은 바율을 위해 온갖 요리를 해 온 리타였다. 그래서인지 그녀는 아무도 시키지 않았는데 마치 특명이라도 받은 양 주먹을 불끈 쥐며 호세의 뒤를 바짝 따랐다.

"근데 여기 좀 더운 거 같지 않냐? 해가 질 무렵인데 왜 이렇게 더워?"

"맥 보좌관님, 가국은 원래 이렇게 덥습니까?"

맥도 실제로 방문하는 건 처음이라고 했지만, 그래도 일행 중 가국에 대해선 가장 많이 아는 사람이었다. 그런 그가 잠시 생각에 잠겼다가 말했다.

"계절상 아직 더위가 시작될 시기는 아닙니다만, 이것 역시 자연재해의 일종이 아닐까요? 가뭄으로 캄브리아 강의 수위가 많이 낮아졌다고 들었습니다."

"이그, 그놈의 자연재해! 이상 현상 때문에 고생하는 곳이 한두 군데가 아니네요."

아무래도 가국에서 바율이 해결해야 할 게 바로 이 더운 날씨인 모양이었다. 가뭄이 들면 농작물이 제대로 자랄 수 없고, 그건 인간의 식생활에 지대한 영향을 미친다. 만일 이대로 이상 현상이 지속된다면 전반적인 생활 양식 자체가 달라질지도 몰랐다.

"여긴 그나마 번화가라서 티가 덜 나는 걸 거야. 캔자스에서 배 타기 전에 본 걸 생각해 봐."

로건의 말에 다들 약속이라도 한 듯 인상을 찌푸리며 고개를 내저었다.

캔자스시의 일을 마치고 배를 타기 위해 도심을 벗어나

자 차마 눈 뜨고 보기 힘든 광경을 여러 번 마주했었다. 뼈밖에 남지 않은 굶주린 아이들의 모습은 그들에겐 무척이나 충격적이었다.

자신의 배를 부풀리기에만 급급했던 드로우 후작의 악랄함을 재차 마주한 순간, 바율은 자신이 행한 일이 정녕 옳은 일이었다고 다시금 생각했다.

그리고 어느 곳이든, 모든 이가 굶지 않고 살아갈 수 있는 세상이 되기를 진심으로 바랐다.

"잠깐! 호세라고 했던가?"

일행이 주위에 정신이 팔린 채 한참을 걷던 와중이었다. 이언이 갑자기 걸음을 멈추고 소년을 불러 세웠다.

"네, 나리! 무슨 일이십니까?"

호세가 즉시 안내를 멈추고 공손히 물었다.

"좀 전에 분명 식당으로 인도한다고 하지 않았나?"

"맞습니다! 여기서 저쪽으로 조금만 더 가시면⋯⋯."

"근데 우리 뒤를 몰래 뒤쫓아 오는 놈들은 뭐지? 네놈 일행인가?"

"⋯예? 그게 무슨 말씀이신지⋯⋯?"

"이곳으로 오는 동안 식당 일곱 개를 그냥 지나쳤다. 그리고 조금 전부터 식당이라곤 눈 씻고 찾아보려야 찾을 수가 없더군. 자꾸만 후미진 곳으로 가는 이유가 무엇이냐?"

바율과 친구들은 그제야 그들이 번화가에서 많이 멀어졌음을 깨달았다. 어느새 주변엔 오가는 사람도 거의 눈에 띄지 않았고, 어째선지 으스스한 분위기까지 느껴졌다.

"히야, 젊은 형님이 눈썰미가 제법이시네? 그저 그런 실력자는 아니셨나 봐?"

방금까지 깍듯하게 굴던 모습은 온데간데없이 사라졌다. 소년의 눈빛과 말투가 일순간에 달라지더니, 일행을 향해 비릿한 웃음을 보였다.

"*나오세요.*"

녀석이 명령하자 길목의 끝에서 낯선 이들이 어슬렁어슬렁 걸어 나왔다. 담장과 지붕 위에서도 수상한 이들이 모습을 내비쳤다. 전부 합쳐 서른 명쯤 될 것 같았다.

"이건 너무 식상한 전개 아니냐? 어떻게 도착하자마자 불량배랑 엮여?"

"신고식이라고 치지, 뭐."

딱 보니 견적이 나왔다. 아무래도 자국인을 상대하는 것보다는 외국인을 건드리는 쪽이 여러모로 골치 아픈 일을 피하기 쉬울 터였다.

하지만 이번에 녀석들은 상대를 잘못 골라도 한참 잘못 골랐다. 하필이면 고른 게 왕실의 초대를 받고 방문한 제국의 특무대신이라니.

뿐인가.

드래곤 한 마리에 마족이 무려 넷이나 함께 있었다.

"똑똑한 녀석인 줄 알았는데, 이제 보니 천하에 다시 없을 멍청이였구나?"

"뭐야?"

에이단의 멍청이란 발언에 호세가 발끈했다. 비록 남들 등을 쳐서 먹고사는 인생이지만, 영리하단 소리를 들으면 들었지, 멍청하단 말은 처음이었다.

"네가 지금 누구를 건드린 건 줄 알아? 우리가 행색이 좀 이래서 뭔가 오해를 한 것 같은데, 우리로 말할 것 같으면 나라 몇 개는 그냥 없애 버릴 수도 있는 사람들이거든?"

"픕! 고작 그 인원으로? 너희가 무슨 만월 기사단이라도 돼?"

근래 들어 본 중 가장 웃긴 말이었다.

"허세를 부려도 정도껏 부려야지, 어이가 없네! 안 그래요, 형제들?"

나이로 보면 막둥이 같은데, 무리에서 서열이 제법 높은 모양이었다. 녀석이 묻자 일행을 둘러싼 사내들이 시퍼런 무기를 꼬나든 채 킬킬 웃어 댔다.

"만월 기사단이 유명하기는 엄청 유명한가 보네. 이런 녀석들까지 알고 있는 걸 보면."

"제국에서 왔으면서 만월 기사단의 명성도 모르는 거냐? 뭐, 얘기가 나왔으니 하는 말인데. 우리가 바로 그 만월 기사단을 일거에 제압했다는 용두파 님들이시다! 들어는 봤냐?"

"용두파?"

"그래! 이 일대에선 우리 조직의 이름만 대도 갓난아기가 울다가도 울음을 멈춘다는 전설이 있지."

"얼씨구! 대체 누가 허세를 부리는 건지 모르겠네."

아직 학생인 에이단이 보기에도 상대는 오합지졸이었다. 제대로 무기를 들고 있는 자들도 몇 안 될뿐더러, 대부분이 비리비리하게 마른 꼴이 피죽 한 그릇도 못 얻어먹은 것 같았다.

일개 중대가 와서 일행들에게 덤벼도 깨갱거리며 돌아갈 판에, 이게 무슨 희극적 상황인지. 상대가 안쓰러울 지경이었다.

"내가 진짜 진지하게 하는 말인데, 이쯤에서 그만 물러나지 않으련? 안 그러면 다들 목숨 부지하기 어려울 거야. 누군가 슬슬 열 받으려고 하는 게 뒤통수에서부터 느껴지고 있거든."

그 '누군가'는 가국의 음식을 먹을 거란 기대감에 잔뜩 부풀어 있던 데스였다. 그도 처음엔 그저 기막혀하는 수준이었으나, 바로 밥을 먹기 힘들 거란 사실을 인지한 후로는 서서히 인내심에 바닥을 보이고 있었다. 말리지 않으면 필시 오늘 큰 사달이 날 터였다.

"방금 그게 무슨 개소리냐고 생각했지?"

"푸하! 독심술이라도 쓰는 거냐?"

"그건 아닌데, 내 또래 같아서 안타까워 해 주는 말이야. 나중에 후회하지 말고 내 말대로 해."

에이단은 진심이었다. 보아하니 이들 역시 살기 위해서 이런 짓을 택한 자들이었다. 레오네트 백작가의 자식으로 태어나 먹고사는 일이 막막했던 적은 없지만, 사업으로 세계를 누비고 다니시는 아버지께 듣고 자란 이야기가 많았다.

가난하고 싶어서 가난한 자들은 없다. 태생적으로 게을러서 가난을 자초하는 이들이 더러 있기는 하나, 대부분은 사회가 그렇게 만든 것이라고 아버지께선 자주 말씀하셨다.

수법이 고약하기는 해도 지금까지는 아무 일도 일어나지 않았으니 되도록 곱게 넘어가고 싶었다.

에이단이 일행을 향해 슬쩍 돌아보자 전부 그에 동의한다는 얼굴들이었다. 물론 데스만 빼고 말이다.

"좋아! 그렇게까지 말해 주니 나도 선심을 쓰지!"

호세가 팔짱을 끼며 호기롭게 말했다.

"갖고 있는 것들, 몽땅 꺼내 주겠어? 그러면 우리도 얌전히 물건들만 챙겨서 신속하게 사라져 줄게. 안 그러면, 알지?"

"아니, 모르겠는데."

일라이 딴에는 이 정도 했으면 많이 참아 준 것이었다. 에이단의 숭고한(?) 노력에도 불구하고 상대는 전혀 바뀌지 않았다.

"너 같은 부류의 인간들은 대개 말귀를 한 번에 못 알아먹더라고."

경험상 이런 경우엔 무력이 동원되어야만 깔끔한 해결이 가능했다.

"어쩔까? 나 혼자서도 충분할 것 같은데."

마법 한두 개만 난사하면 손발을 묶는 것쯤은 일라이에겐 일도 아니었다.

"아닙니다. 저희가 알아서 하죠."

그때, 에이단의 뜻을 존중해서 여태 지켜보고 있던 이언이 개입했다.

놈들이 잘했다는 건 아니지만, 손속에 사정을 둘 필요가 있었다. 그 말인즉슨, 드래곤인 일라이와 마족인 데스 형제들에게 맡겨서는 절대 안 된다는 의미였다.

"도련님은 이곳에 초청을 받고 오신 손님이시다. 큰 문제를 일으켜서 좋을 게 없으니 최대한 조용히 처리하고 자리를 뜬다. 다들 알아들었겠지?"

이언은 직접 나서지 않고 수하들에게 명령했다. 평범한 복장을 하고 있지만, 그들 전부가 만월 기사단이었다. 네 기사가 짧게 묵례한 뒤 사방으로 날렵하게 퍼졌다.

"뭐, 뭐야? 해보자는 거야?"

갑자기 예고도 없이 상대가 덤벼들자 소년은 물론이고 무리 전체가 깜짝 놀랐다. 이제껏 이쯤 하면 순순히 물건들을 내놓고 도망치기에 급급했는데, 이번엔 어째 예감이 좋지 않았다.

그리고 그 느낌이 현실이 되는 데에는 그리 긴 시간이 걸리지 않았다.

만월 기사단으로서는 굳이 무기를 꺼낼 필요도 없었다. 무엇을 어떻게 한 것인지 알아채기도 전에 서른 명이 넘는 사내들이 제대로 반항 한 번을 하지 못하고 픽픽 쓰러졌다.

그야말로 순식간에 벌어진 일이었다.

"역시!"

"이래야 만월 기사단이지."

기사 지망생인 에이단과 로건이 엄지를 세우며 감탄했

다. 이런 상황에서도 상대를 배려하는 기사단의 인격과 실력에 둘은 다시 한번 감격했다. 수도로 내리쳐서 상대를 기절시킬 뿐, 생명에 지장이 있는 정도로 공격하진 않았다는 걸 알아차렸기 때문이다.

"어이, 호세!"

소년은 거의 얼이 나가 있었다. 그저 눈을 몇 번 깜박였을 뿐인데, 일행이 몰살되었다.

적당히 돈 좀 있는 부잣집 도련님들이 외국으로 여행이라도 온 줄 알았건만, 그게 아니었단 말인가?

그들이 아무리 오합지졸이라도 그렇지, 이건 상식적으로 너무 말이 안 되었다.

"다, 당신들 누구야? 저, 정체가 뭐냐고!"

호세는 완전히 겁에 질렸다. 외국인을 상대로 범죄를 저지르면 최소 징역 5년 형이었다. 자국인을 상대하는 것에 비하면 낮은 형량이지만, 그가 옥에 갇히면 가족들의 생계가 막막해진다.

그것만은 피해야 했다.

'이걸 이렇게 쓰게 될 줄이야!'

그간 아끼고 아껴 두었지만, 지금은 다른 방법이 없었다. 녀석이 급히 품에서 뭔가를 꺼내 바닥으로 힘껏 던졌다.

"도련님!"

이언과 만월 기사단은 본능적으로 바율과 친구들을 에워 쌌다. 상대가 던진 것이 무엇인지 알 수 없는 상황에서 할 수 있는 최대한의 호위였다.

펑!

무언가 터지는 소리와 함께 별안간 하얀 안개가 주변을 가득 채웠다. 다행히 물리적인 피해는 없었다. 단지 시야가 가려져서 아무것도 볼 수가 없었다.

"템페스타!"

바율은 다른 건 생각할 겨를도 없이 템페스타를 불렀다. 녀석에게 호세라는 소년을 붙잡아 오라고 서둘러 부탁한 뒤, 시야를 방해하는 하얀 안개는 직접 처리했다.

바율의 눈동자가 잠시 은백색으로 빛난 순간 사위를 메우고 있던 안개가 바람에 흩어져 흔적도 없이 사라졌다.

처음 두 번은 얼떨결에 행한 일이었다면, 확실히 이번에는 자의로 실천했다.

뭔가 묘했다. 기분 탓일까. 이전에는 몰랐던 낯선 기운이 차츰 느껴지기 시작하면서, 몸속에서부터 거대한 에너지가 용솟음쳤다.

'이게 전대 정령왕의 기운인 건가?'

뭐든 해낼 수 있을 것만 같은 자신감마저 들었다.

"이 자식, 지금 도망친 거냐?"

갑자기 안개가 눈앞을 덮치는 바람에 에이단은 가슴이
덜컹했었다.

"내가 그렇게 봐줬는데 끝까지 이런 식으로 나온다 이거
지?"

괜한 배신감마저 끓어올랐다.

"근데 좀 전에 그 안개는 뭐지? 그 녀석, 마법사는 아닌
것 같던데."

"간단한 마법 물품입니다. '포그'라고, 위험한 상황에서
몸을 피할 때 많이들 사용하는 것이지요. 그래도 이런 일로
먹고사는 소년이 지닐 수 있을 정도로 저렴하지는 않을 텐
데 이상하군요."

퀸의 의문에 답한 건 맥이었다. 그가 다시 한번 박학다식
함을 드러내며 설명했다.

"보나 마나 어디서 도둑질해서 얻은 거겠죠. 사실 그게
무슨 상관입니까? 우리의 소중한 시간을 낭비하게 했으니,
돌아오면 바로 아작을 내 주자고요."

일라이가 붉은 눈동자를 반짝이며 다짐했다. 인긴들은
어딜 가나 왜 이렇게 시비를 걸어 대는지, 드래곤인 그로서
는 당최 이해가 가질 않았다.

그들 종족은 타당한 이유가 있을 때만 행동으로 옮긴다.
인간이 되어 몇 년째 살아가고 있지만, 인간에 대해 정의를

내리기란 여전히 요원했다.

"바율, 템페스타에게 데려오라고 시킨 거 맞지?"

"응, 그러고 보니 왜 아직 소식이 없지?"

도망친 호세를 붙잡아 오는 것쯤은 템페스타에게 일도
아니었다. 녀석이 공간 이동으로 자취를 감추지 않은 이상,
중급 정령이 된 템페스타의 손에서 벗어나기란 불가능했
다.

"…어라? 근데 이게 무슨 소리지?"

그때, 일행의 귀로 난데없이 이질적인 소음이 들려왔다.
고개를 들고 주위를 살피니 멀리 하늘 위로 검은 물체들이
떠밀려 올라가는 것도 보였다.

"저게 뭔지 보이는 사람?"

"…기와입니다."

"기와요? 지붕 위에 얹는 그 기와 말입니까?"

이언의 대꾸에 바율은 눈을 감으며 한숨을 내쉬었다.

"후우, 템페스타야. 템페스타가 또 흥분해서 힘 조절에
실패한 것 같아."

도망간 녀석을 잡아 오라고 했더니, 그와는 하등 상관없
는 인근의 마을 집 지붕을 날려 버리고 있었다. 영문도 모
른 채 봉변을 당하고 있을 사람들을 생각하니 바율은 뒷골
이 확 당겼다.

"그래도 건물 무너뜨리지 않은 게 다행이지."

캔자스시에선 이미 몇 채를 해 먹은 전적이 있었다. 드로우 후작과의 대치 중에 녀석의 폭주로 많은 이들이 위험에 빠질 뻔했다. 남의 나라에 와서까지 그런 일을 만들 수는 없었다.

'템페스타! 그만 진정하고 얼른 돌아와!'

바율은 정신을 추스르며 재빨리 녀석에게 명했다.

'지붕들 원상 복구하는 것 잊지 말고!'

녀석에게서 대꾸는 없었지만, 멀리서 공중을 뱅뱅 돌던 기와들이 별다른 이상 없이 원래 있던 자리에 내려앉는 것이 보였다.

쑤아앙!

그리고 다음 순간, 일행의 눈앞에 템페스타가 호세를 데리고 바람 같이 나타났다.

"꾸에에엑!"

그새 얼굴이 하얗게 질린 호세가 바닥에 엎어진 채로 구토를 해 댔다. 안 봐도 뻔했다. 자레드 때처럼 녀석을 골려 주려고 이리저리 쏘다닌 것이다.

"템페스타, 내가 시키지도 않았는데 이럴 거야?"

"내가 뭘? 이 자식, 나쁜 놈이잖아! 그래서 내가 벌 좀 준 건데?"

"그러다 다른 사람이 다치면 안 된다고 내가 그랬어, 안 그랬어?"

"…그랬어."

바율이 정색하며 다시 묻자 템페스타가 시선을 피하며 주춤거렸다. 양 볼이 불룩하게 튀어나온 것으로 보아 불만이 가득해 보였지만, 기특하게도 애써 참고 있는 듯했다.

"여긴 타국이니까 더 조심해야 한다는 거 잊지 마. 알겠지?"

"응, 바율. 그렇게."

바율의 타이르는 음성에 그제야 안도한 듯 템페스타의 목소리가 다시금 밝아졌다. 그리고 그때, 호세가 겨우 진정하며 비틀비틀 몸을 일으켰다.

"안녕? 우리 구면이지?"

그런 녀석의 앞으로 에이단이 씨익 웃으며 다가갔다.

"너, 너희 뭐야? 나한테 무슨 짓을 한 거야!"

호세는 조금 전 자신이 무슨 일을 겪었는지 파악할 정신도 없었다. 사악한(?) 기운에 휘말려 기란항 구석구석을 억지로 탐방하고 돌아왔다. 이딴 마법이 있다는 소리는 어디서도 들어 본 적 없었다.

"여기서 무슨 소란들이냐?"

제삼자의 목소리가 끼어든 것은 그때였다. 일행이 일제

히 고개를 들어 음성의 주인을 마주했다.

한눈에 봐도 범상치 않은 분위기를 풍기는, 건장한 체구의 사내였다. 그는 머리카락이 한 올도 없는 민머리였는데, 그것이 꽤 인상적이면서도 잘 어울렸다.

"나리! 제발 살려 주십시오! 이자들이 저를 해치려고 합니다!"

"쟤 뭐라는 거냐?"

호세가 돌연 가국어로 소리치자 에이단은 알아들을 수가 없었다. 하나 느낌이 싸한 게 불길했다.

"이미 제 동료들 전부가 당했습니다! 부디 모른 척 마시고 도와주십시오!"

소년의 호소에 민머리 사내가 장내를 훑어보더니 이내 바율과 일행들을 살폈다. 그런 그의 미간에 뜻을 알 수 없는 주름이 깊게 팼다.

"바토르."

"네, 대장."

사내의 부름에 그를 뒤따라왔던 사내가 고개를 숙이고 한쪽 팔꿈치를 들며 대답했다.

"지금 즉시 이곳으로 태자 전하를 모시고 오거라."

"명 받습니다."

사내가 사라지고 난 뒤 얼마 후, 일단의 무리가 그들 앞에 등장했다.

그중 단연 눈에 띄는 청년 하나가 뚜벅뚜벅 앞으로 걸어
나왔다. 그는 망설임이 없었다.

그가 바율을 향해 원래 알고 지낸 사이라도 되는 양 말을
걸었다.

"난 사다함이다. 네가 바율이지?"

Chapter 2.
시험?

1.

바율이 느낀 사다함의 첫인상은 '강인한 남자'였다. 햇볕에 그을린 검은 피부에 어깨를 덮는 까만 머리칼. 그리고 그보다 더 진한 흑색의 눈동자가 바율의 전신을 옭아매듯 훑어 내렸다.

가국의 현 집권자인 무무왕의 적자이자 장남인 사다함 알르 다브하.

그에 대해선 이미 이곳에 오기 전 맥으로부터 제법 상세한 설명을 들었다.

올해 갓 스무 살을 넘겼다는 그는 어려서부터 총명했던 덕에 아버지인 무무왕의 총애 속에서 차분히 태자의 길을 밟고 있다고 했다.

아버지를 닮아 야망이 큰 그의 최대 소원은 가국을 폴스카 제국에 버금가는 거대한 왕국으로 재탄생시키는 것이었다.

"왜 말이 없지? 가국어를 아주 잘한다고 하던데?"

"아, 죄송합니다. 인사가 늦었습니다. 바율 로마노프 혼란데르트라고 합니다."

바율은 그제야 자신이 답은 않고 상대를 뚫어지게 보고만 있었음을 깨달았다. 일국의 태자를 앞에 두고 엄청난 무례였다.

"태자 전하를 뵙게 되어 영광입니다."

바율은 얼른 고개를 숙이며 다시 한번 예를 갖추었다.

"길이 엇갈렸던 모양이야. 일찍 온다고 왔는데, 기다리게 해서 미안하군."

사다함은 바율과 일행에게 사과했다. 다음 대 보위를 이을 태자가 직접 마중을 나온 것도 놀라운 마당에 미안하다는 말까지 하다니. 일행의 몸이 절로 경직되었다.

태자인 그가 몸소 이렇게 왔다는 건 그만큼 바율의 이번 방문이 중요하다는 뜻이었다.

"그런데 무슨 일이지? 저 아이가 자간에게 살려 달라고 했다던데."

사다함의 물음에 민머리 사내가 가까이 다가와 태자의 귀에 대고 작게 속삭였다. 그러자 사다함의 눈꼬리가 바로 사납게 휘어졌다.

"네 이놈! 이들은 이 나라의 태자, 나 사다함의 손님들이다. 이들에게 대체 무슨 짓을 저지른 것이냐!"

사다함의 목소리가 달라졌다. 주위를 쩌렁하게 울리는 그의 호통 소리에 그러잖아도 몸을 벌벌 떨고 있던 호세가 바닥에 납작 엎드렸다.

"사, 살려 주십시오! 감히 귀하신 분들을 몰라뵙고 소인이 죽을죄를 지었사옵니다!"

소년은 사다함이 나타나 스스로의 이름을 밝힌 순간부터 오늘이 이승에서의 마지막 날임을 직감했다.

재수가 없어도 너무 없었다. 그 많은 승객 중에서 하필이면 이들을 건드릴 게 뭐란 말인가.

집에 몸져누워 계신 어머니와 여동생의 얼굴이 주마등처럼 스쳐 지나갔다.

"나는 너의 죄를 물었다! 어서 이실직고하지 못할까? 여기 쓰러져 있는 이자들은 다 누구냐!"

"태자 전하…… 그, 그것이……!"

차마 자기 입으로 죄를 털어놓기가 무서웠는지 호세가 눈물만 뚝뚝 흘리며 말을 잇지 못했다.

그런 녀석의 눈물 때문인지, 그도 아니면 떨리는 어깨 때문인지 알 길은 없었다. 일행에게 저지른 몹쓸 짓을 용서하는 것과 별개로, 바율은 차마 두고 보고 있기가 그랬다.

"태자 전하, 제가 한 말씀 드려도 되겠습니까?"

"당연히 되고말고. 저 녀석을 당장 화형에 처하고 싶다면 그렇게 하도록 해!"

"아, 아니요! 화형이라니요. 당치 않습니다!"

사다함의 살벌한 발언에 바율은 저도 모르게 제국어가 튀어나왔다.

"화형? 바율, 지금 화형이라고 했어?"

"설마 저 자식을 불태워 죽이겠다는 소리야?"

"이 정도 일로 그건 너무 심하지!"

바율만큼이나 일행들도 깜짝 놀랐다.

"화형이라. 좀 요란하긴 하지만 나쁘진 않군."

오직 데스와 그의 형제들만이 고개를 주억이며 찬동했다.

"이 소년이 저희에게 죄를 지은 것은 맞습니다. 하오나 그 죄질이 화형에 처해질 정도로 무겁지는 않다고 생각합니다. 적절한 선에서 처벌을 하심이 옳을 듯합니다."

"여기서 중요한 건 죄의 무게가 아니야."

"……?"

"누구에게 그랬느냐가 핵심이지."

그러니까 결국 호세가 어떤 짓을 벌였어도 상대가 바율인 게 잘못이라는 말이었다. 사다함으로서는 도움을 주러 온 국가의 귀빈을 욕되게 하였으니 그보다 더한 벌도 내릴 수 있었다.

"아직 어린 소년입니다. 선처를 부탁드립니다."

"선처……?"

사다함이 의아한 눈길로 바율을 바라보았다.

"자세한 내막은 모르겠지만, 정황상 그대들의 금품을 노리고 접근한 듯한데…… 편을 들어 주는 이유가 무엇이지?"

"저는 편을 드는 것이 아닙니다. 그저 기회를 주자는 것이지요."

"기회?"

"네, 태자 전하. 호세도 먹고살기 위해 한 어쩔 수 없는 선택이었을 겁니다."

"…호세?"

"아, 저 소년의 이름입니다."

제게 말한 것이 진짜라면 말이죠.

"그새 통성명까지 했다니 재밌군. 자, 그럼 이걸 어떻게 해결해야 하려나."

사다함이 생각에 잠기자 호세는 피가 말랐다. 태자와 바율 사이에 오가는 대화를 바들바들 떨며 지켜보았다.

기실 녀석은 이 상황을 믿을 수가 없었다. 나라의 국빈에게 식당을 소개하겠다며 사기를 친 것으로도 모자라 강도 짓까지 하려 한 자신도 자신이었거니와, 그런 본인을 위해 어째서 저렇게까지 나서는지 도무지 이해가 가지 않았다.

분명 상대에게 자신은 때려죽여도 시원찮을 놈일 터였다. 그럼에는 그는 자신에게 관용을 베풀고 있었다.

'대관절 누구이기에……?'

호세의 눈에 바율은 일행 중에서 가장 약하고 어린 소년에 불과했었다. 그런데 사다함의 태도를 통해 무리에서 가장 중요한 인사임이 드러났다.

바율이라는 이름의 소년.

뒤의 성도 들은 것 같은데 기억나지가 않았다. 그의 정체가 무엇인지 궁금해졌다.

"흐음, 역시 이러는 수밖에 없는 건가?"

고민을 마친 사다함이 바율과 호세를 번갈아 쳐다보고는 결론을 내렸다.

"내 나라 가국에선 죄인을 구제하는 방법이 딱 하나 있어. 조금 귀찮아질 수도 있는데, 괜찮겠나?"

"네, 호세가 화형을 당하는 것보다는 나을 테니까요."

"하면 녀석은 너의 노예가 되어야 해."

"…노, 노예요?"

생각지도 못한 단어가 튀어나오자 바율의 눈이 번쩍 떠졌다.

"제국에는 노예 제도가 오래전에 사라졌다지? 하나 우리나라엔 아직 남아 있다. 어때? 노예 제도가 없는 곳에서 온 네가, 저 아이를 노예로 받아들여서라도 살리겠어?"

"란데르트 백작님."

당황한 바율이 답을 하지 못하고 머뭇거리자 맥 보좌관이 조심스레 다가왔다.

"신중히 결정하셔야 합니다. 저 소년이 백작님의 노예가 된다면 어딜 가나 따라다니게 될 것입니다."

가국 쪽의 눈과 귀가 될 수도 있다는 말씀입니다.

사다함이 줄곧 가국어로 말하고 있지만, 맥은 그가 제국어에도 능통하다는 걸 알고 있었다. 하여 최대한 돌려 말하며 바율이 알아들을 수 있도록 조언했다.

바율은 맥의 말에 숨겨진 의미를 바로 알아차렸다. 하지만 그건 그다지 큰 문젯거리가 되지 못했다.

정령사인 바율과 일라이의 마법, 그리고 마족인 데스의 능력이라면 그런 것쯤은 능히 막아 낼 수 있었기 때문이다.

문제는 호세를 노예로 들이는 것이었다. 생각을 조금 전환하면 하인을 새로이 고용하는 셈 치면 될 일이기도 했다.

하지만 '노예'라는 단어가 주는 어감이 상당히 불편했다. 계급 사회에서 자라 온 바율이기는 하나, 사람은 누구나 귀하다고 배우며 컸다.

"역시 그렇게까지 해서 살리고 싶지는 않은가 보지? 하면 저 아이는 국빈을 모욕한 대가로 화형에 처하도록……."

"잠시만요!"

아무리 그래도 화형이라니, 이건 아니었다. 바율은 황급히 사다함의 말을 자르고 호세를 돌아보았다.

"먼저 너에게 물을게. 내 노예가 되어도 괜찮겠어?"

"…저를 살려 주시겠다는 말씀이십니까?"

"방법이 그것밖에는 없대서."

"크흐흑…… 감사합니다! 정말로 감사합니다!"

긴장이 풀려서일까. 호세가 몸을 웅크린 채로 엉엉 울음을 터뜨렸다. 꼼짝없이 불에 타서 죽을 줄로만 알았는데, 기적같이 목숨을 부지했다.

노예든 뭐든 상관없었다. 살아서 어머니와 여동생을 다시 만날 수만 있다면 더한 것도 될 수 있었다.

'훗, 예상보다 재미있는 녀석인걸.'

죄를 지은 상대에게 아량을 베푸는 와중에도 노예가 되

는 것이 괜찮은지를 먼저 물어보는 바율의 태도는 사다함에게 꽤 신선하게 비쳤다.

'휘월이 왜 그렇게 칭찬을 늘어놓았는지 조금은 알 것 같아.'

막내 여동생을 떠올린 사다함의 눈가에 잠시 웃음기가 어렸다가 금방 사라졌다.

'내가 낼 시험은 총 세 개다. 너의 반응이 어떨지 궁금해지는군.'

호세를 일으켜 세우며 다독이는 바율을 묘한 눈빛으로 응시하던 사다함이 턱짓했다. 그러자 자간이 일행을 향해 정중하게 허리를 숙이며 말했다.

"이제부터는 저희가 모시겠습니다."

그의 제국어 발음은 다소 엉성하긴 했지만, 알아듣는 데는 전혀 지장이 없었다. 그가 신호하자 가국의 무사들이 일행을 중앙으로 넓게 포진하며 호위를 시작했다.

2.

바율과 일행이 안내된 곳은 근처의 고급 식당이었다. 내일부터는 길이 험할 거라며 오늘 하루는 기란항에서 푹 쉬어 가기로 합의했다.

태자인 사다함이 방문한 탓인지 넓은 홀에 손님이라곤 그들뿐이었다. 바율은 일행을 대표해서 태자에게 친구들과 가신들을 소개했고, 그의 배려로 다 같이 식사 자리에 동석했다.

"친구들과 함께 온 것이 조금 의외인데, 무슨 까닭이라도 있나?"

식사가 시작되자마자 사다함이 바율에게 물었다. 나라를 대표해 특무대신으로서 중한 일을 하러 오는 자리에 일견 평범해 보이는 십 대 소년이 넷이나 따라왔으니, 그의 입장에선 달갑지 않을 만도 했다.

"정령을 처음 마주하던 순간에 모두 저와 함께 있었습니다. 당시엔 정령도, 정령사도 무엇인지 잘 알 수 없을 때라서 친구들과 많은 의견을 나누었지요. 그건 지금도 마찬가지입니다."

"아, 일종의 고문 같은 것이로군."

"네, 태자 전하. 그리고 제 친구들 역시 각기 가진 바 능력들이 특출합니다. 재해를 해결하는 데 아주 큰 도움이 될 겁니다."

"오오, 그래?"

어린 친구들이 무슨 재주로 도움을 줄 수 있다는 건지 흥미로웠다. 개중 귀 모양이 독특한 퀸은 사다함에게 꽤 강한 인상을 심어 주었다. 가국에서는 좀처럼 인어족을 볼 기회가 없었던 탓이다.

"말이 나온 김에 한 가지 여쭙고 싶은 게 있습니다. 제게 의뢰하실 가국의 문제가 무엇입니까? 아직 전해 들은 바가 전혀 없어서 말입니다. 혹 그 문제라는 게……."

"어머나!"

그러나 바율의 질문은 끝을 맺을 수 없었다. 대신 그의 눈앞에 별안간 투명한 액체가 둥실 떠올랐다.

정확히 말하자면 그것은 술이었고, 그 술은 조금 전 바율의 옷과 다리를 적실 뻔했었다.

"소, 송구합니다!"

사건의 발단은 손님들의 잔을 채워 주는 종업원에게 있었다. 그녀가 바율의 잔에 술을 따르다가 그만 실수를 한 것이다.

하지만 다행히 몸에 술이 흘러내리기 직전, 바율이 정령사의 능력을 발휘해 위기를 모면했다. 굳이 이노센트를 불러내시 않아도 이 정도는 혼자서도 가능했다.

"전 괜찮으니 계속 일 보십시오."

바율이 웃으며 종업원을 안심시키자, 그녀가 감사하다는 듯 몇 차례 계속 고개를 꾸벅거렸다.

그때까지도 탁자 위 허공에는 술이 둥둥 떠 있었다. 그술은 이윽고 바율의 뜻에 따라 천천히 잔 속으로 빨려 들어갔다.

바율과 친구들에게는 별일도 아니었지만, 사다함과 그의 수하들은 입을 벌린 채 멍하니 그 광경을 바라보았다.

"그런데 설마 이거, 술입니까?"

종업원이 잔에 따를 때는 몰랐는데, 뒤늦게 알싸한 향이 바율의 코를 찔렀다. 그에 바율이 묻자 사다함이 퍼뜩 정신을 차리며 설명했다.

"고마주라는 이름의 술이지. 우리나라에선 식전주로 한두 잔씩 마시는 편이야."

사다함이 얼른 맛보라는 듯 자신의 술잔을 들었다. 바율은 잠시 난감한 표정을 짓다가 어색하게 말을 이었다.

"송구합니다만, 제가 아직 미성년이라서 술을 마실 수가 없습니다. 제국에선 열여덟 살이 되어야만 성인이 됩니다."

"지금은 열일곱이라고 했던가?"

"네, 태자 전하."

"흐음, 고작 일 년 차이인데 한두 잔쯤은 괜찮지 않겠나?"

"죄송합니다."

에두른 거절의 표시였다. 아무리 태자가 권하는 술이라고는 하나, 제 나라의 법을 어길 순 없었다.

"고지식하기는."

사다함도 강권을 하는 타입은 아니었다.

"자네들은 어찌할 텐가? 내 느낌상 수행 중에는 금주가 원칙일 것 같긴 한데 말이야."

"맞습니다. 아쉽지만 저희도 다음 기회를 기약하겠습니다."

맥의 대답에 그럴 줄 알았다는 듯 사다함이 피식 웃고는 술잔들을 치우라 명령했다. 그러자 식당에 들어오면서부터 싱글벙글하던 데스의 얼굴이 썩은 무처럼 일그러졌다.

그도 그럴 것이, 고마주는 바율이 일전에 황도의 가뭄을 해결한 공으로 황제에게서 받은 하사품이었다. 데스가 맛있다며 리타 몰래 다섯 병이나 비워 버린 바로 그 술 말이다.

"난 먹을 수 있는데……."

눈앞에서 치워지는 술잔을 안타깝게 바라보며 데스가 중얼거렸다. 구석에 앉아 있던 리타가 그 말을 듣자마자 도끼눈을 하고 노려보는 것이 굳이 고개를 돌리지 않아도 느껴졌다.

'쩝! 이럴 줄 알았으면 한 잔이라도 후딱 마셔 버릴걸!'

뒤늦은 후회가 밀려왔지만, 시간을 되돌릴 수는 없었다.

아쉬움에 입맛만 다시는 데스를 위로해 주듯 때마침 주문한 음식들이 잇따라 나오기 시작했다. 제국에서는 보지 못한 특이한 요리 형태에 그의 눈빛에 금세 생기가 돌아왔다.

"음식들이 입에 맞았으면 좋겠군."

가국의 음식들은 대체적으로 맛있었다. 듣던 대로 향신료가 많이 사용되었고, 기름진 것부터 담백한 요리까지 종류도 매우 다양했다.

바율과 친구들은 다행히 별다른 거부감 없이 잘 먹었고, 데스 형제는 말할 것도 없었다.

간간이 쏟아지는 리타의 눈총 때문에 나름대로는 자중하려 노력하긴 했지만, 그래도 여전히 먹는 속도와 양이 어마어마했다. 그 때문에 식당의 주방이 어느 때보다 바쁘게 돌아가고 있다는 걸 당사자들은 죽었다 깨도 모를 것이다.

"그러고 보니 베르가라에서 내 막냇동생과 만난 적이 있다지?"

"네, 작년에 린데만 황태자 전하를 뵈러 갔다가 우연히 인사를 올린 적이 있습니다."

"그래, 어떻던가?"

"…예?"

"휘월 말이야. 만났으면 소감이라든지, 무언가 느낀 점이 있었을 것 아닌가?"

바율은 식사를 하다 말고 사레가 들릴 뻔했다. 양국의 재해 상황에 대해 진지하게 대화를 나누던 중이었는데, 갑자기 휘월 공주 얘기를 꺼내서 만난 소감을 묻는 이유가 무엇인지 의아했다.

"휘월은 널 아주 좋게 말하더군. 녀석이 누군가를 칭찬하는 일은 무척 드물거든."

"…그러셨습니까? 휘월 공주님께서 그리 말씀해 주셨다니 감사하네요. 아주 짧은 만남이었는데 말입니다."

"그러니까. 그 짧은 시간에 녀석이 네게서 무엇을 보았던 걸까?"

술잔을 입으로 가져가며 바율을 응시하는 사다함의 시선이 순간 강렬하게 빛났다. 느낌상 그다지 호의적이지는 않은 눈빛이었다.

'내가 뭘 잘못했나?'

하지만 아무리 기억을 더듬어도 딱히 실수했던 건 없었다. 그때 이렇다 할 사건이라곤 퀸을 비하했던 자레드와 세자리오를 응징했던 것밖에 없었다.

"하하, 휘월 공주님께 제가 다 여쭤보고 싶네요. 당시 약간의 소란이 있어서 제대로 인사도 나누지 못하고 헤어져

서 아쉬웠습니다."

"아, 그건 나도 들어서 알고 있어. 그 둘 다 지금은 옥에
갇혀 있다지?"

"…벌써 여기까지 소식이 전해졌군요."

자레드 사건은 그렇다 치더라도, 드로우 후작가의 일은
불과 며칠 전에 벌어진 것이었다.

"캔자스시는 베르가라보다 이곳과 훨씬 가까우니까."

캔자스엔 가국의 상단 사람들도 많이 거주하고 있었다.
그것을 고려하면 정보가 빠른 것이 당연했다.

"드로우 후작은 이제 어찌 되는 거지?"

"글쎄요. 저도 아직 그에 관해선 아는 바가 없어서요."

"후작의 죄를 밝혀낸 게 너 아니었던가?"

"맞습니다. 하지만 판결은 제 몫이 아닙니다."

"그렇군."

드로우 후작은 가국의 왕실과도 직접적으로 여러 거래를
해 오던 사이였다. 때문에 가국 역시 한동안 불편을 피할
길이 없었다.

"아버지께서 서둘러 사건을 수습하고 계시니, 너무 염려
마십시오. 곧 좋은 소식이 도착할 것입니다."

"나도 그렇게 되길 바란다. 그럼 다시 휘월 얘기로 돌아
가 볼까?"

또 말입니까?

아니, 대체 왜……?

까닭은 모르겠으나 바율이 휘월 공주에 대해 뭐라도 얘기하지 않으면 쉽게 넘어갈 분위기가 아니었다. 그래서 바율은 기억을 더듬어서 억지로 대화를 이어 나갔다.

"생각해 보니 휘월 공주님께선 제국어를 매우 잘하시더군요. 구사 능력이 수준급이셨습니다. 발음도 좋았고요."

"그 녀석이 뭐든 잘하는 편이야. 어려서부터 오빠들보다 훨씬 똑똑하고 용감해서, 우리가 기죽을 때가 한두 번이 아니었지."

"아, 네."

"한 번은 이런 적도 있었어. 휘월이 여섯 살이 되던 해였는데……."

사다함의 이야기가 길어질수록 바율은 어떤 표정과 말투로 그를 대해야 할지 혼란스러웠다. 카리스마 넘치던 모습은 온데간데없고, 연신 미소가 가득한 얼굴로 여동생에 대해 말하는 사다함의 모습은 상당히 낯설었다.

이상함을 감지한 건 바율만이 아니었다. 먹는 데 정신이 나간 데스 형제, 그리고 가국어를 모르는 에이단과 리타를 빼고는 모두가 낌새를 눈치채고 서로 눈빛을 주고받았다.

'에이단이네! 완전 이 녀석이랑 똑같잖아!'

그 와중에 일라이가 옆에 앉은 에이단을 턱으로 가리키며 소리 없이 입 모양으로 말했다. 처음엔 무슨 뜻인가 싶어 고개를 갸웃하던 친구들이 여동생인 라라에 대해 자주 떠들던 에이단을 떠올리고는 금세 이해했다.

여동생 바보.

그들이 에이단을 늘 놀리는 말이다.

이제 보니 그런 에이단과 사다함의 모습이 완벽하게 겹쳐졌다. 밑으로 시꺼먼 남동생만 넷이 있다가, 귀여운 여동생이 탄생했으니 얼마나 좋았겠는가.

동생이 없는 바율로서 공감하기는 어려웠지만, 충분히 그럴 수 있다고 생각했다.

'근데 이걸 언제까지 듣고 있어야 하냐?'

관심도 없는 이야기에 계속 귀를 기울인다는 건 굉장히 힘든 일이었다. 그 증거로, 일라이의 만면에 벌써 짜증 기가 올라오고 있었다.

반면 인어국의 왕자답게 퀸은 흐트러짐 없이 조용히 식사에 임했고, 로건은 늘 그렇듯 묵묵히 표정에 변화가 없었다. 맥과 이언, 만월 기사단 역시 마찬가지였다.

휘월 공주의 여섯 살 때 일로 시작한 사다함의 얘기는 이제 열두 살까지 진전되어 있었다. 그녀의 나이가 올해로 열여섯 살이 되었으니, 최소 네 번은 더 같은 과정을 반복해야 한다는 뜻이다.

다른 사람들은 듣기만 하면 되니 그나마 나았다. 중간 중간 맞장구를 치며 상대해야 하는 바율은 진심으로 죽을 맛이었다.

얘기가 재미있기라도 했다면 모르겠는데, 하나같이 끝이 '그래서 너무 예뻤다', '그래서 진짜 귀여웠다', '그래서 정말 사랑스러웠다'로 이어지니 속에서 절로 '어쩌라고?'가 튀어나올 것만 같았다.

자간이 시녀 한 명에게 신호를 보낸 것은 그때였다. 사다함의 지루한 이야기에 식사 분위기가 다소 산만해졌을 무렵, 그 시녀가 새로운 음식을 양손 가득 들고 일행을 향해 걸어왔다.

"앗!"

그러다 사고가 터졌다. 양팔이 무겁기라도 했는지 접시를 탁자에 내려놓기도 전에 넘어져 버린 것이다.

그녀가 내오던 음식은 튀김 요리와 고기볶음이었는데, 그것들이 앞쪽으로 포물선을 그리며 날아가 밑으로 떨어져 내렸다. 그 아래에는 우연인지 또 바율이 자리하고 있었다.

사다함과 자간의 시선이 잠시 부딪쳤다. 바율이 이번엔 시녀의 실수를 어떤 식으로 해결할지 궁금했던 탓이다.

그들이 보고 싶은 건 정령을 부리는 능력이 아니라, 거듭되는 아랫사람의 실수에 반응하는 바율의 태도였다.

"⋯⋯!"

하지만 일이 이상한 방향으로 흘렀다.

열심히 식사에 집중하던 데스가 불쑥 일어나더니 날아오는 접시를 비호같이 낚아챈 것이다. 그리고 그 접시에 떨어지는 음식들을 차곡차곡 쌓고 담더니, 아무 일 없었다는 듯 탁자에 내려놓으며 다시금 식사에 열중했다.

이 모든 건 순식간에 너무나 자연스럽게 벌어진 일이었다.

"호오, 이것도 맛있군!"

다들 자신을 쳐다보고 있다는 걸 아는지 모르는지 데스가 새로운 음식에 대해 만족스러움을 표현했다.

"그렇습니까?"

"형님, 저도 맛 좀 보겠습니다."

바르를 시작으로 아몬과 아고스가 차례대로 먹고는 감격의 눈빛으로 서로를 돌아보았다.

"스승님도 한 번 드셔 보십시오."

바르가 리타에게 권하자 그녀가 새침하게 음식을 입에 넣더니 이내 고개를 끄덕였다.

"괜찮네요. 내가 한 것보다는 못하지만."

"그럼요! 아무렴 스승님의 요리가 제일이지요!"

"암, 그렇고말고."

데스도 인정하자 기분이 좋았는지 리타가 입술을 삐죽이며 어깨를 한번 으쓱였다.

"저 검은 사내들도 만월 기사단인가?"

"아닙니다, 태자 전하. 그들은 그냥 제 일을 돕는 가솔들입니다."

"만월 기사단도 아닌 자가 대단하군."

방금 데스의 행동은 사실 거의 곡예 수준이었다. 꼭 무기를 들고 싸워야만 상대의 실력을 알 수 있는 건 아니었다. 저 정도면 그의 호위 무사인 자간과 겨루어도 결코 뒤지지 않을 것 같았다.

"역시 란데르트 공작가군."

기사도 아닌 자의 실력이 저 정도라면 만월 기사단은 확인할 필요도 없었다. 소문은 대개 과장되는 법이지만, 란데르트 공작만큼은 예외일 게 분명했다.

먹을 것에 대한 데스의 집착을 이런 식으로 곡해해서 뵈주다니 바율로서는 그저 고마울 따름이었다.

"참, 내일부터는 노숙을 하게 될 것이니 미리 마음의 준비를 해 두는 게 좋겠어."

"…노숙이요?"

"수도까지 가는 가장 빠른 길이니, 이해해 주길 바라네."

'갑자기 노숙이라니? 이게 말이 돼?'

'나라의 국빈을 이렇게 대접해도 되는 거야?'

'이건 좀 뭔가 이상한데요…….'

일행 전부는 차마 사다함에게 직접 말은 못 하고 바율에게만 눈빛으로 호소했다.

'바율, 난 노숙은 안 해! 아니, 못 해!'

일라이가 강력하게 항의했지만 바율이 어쩔 수 있는 게 아니었다. 그리고 기껏해야 떠오르는 말이라고는 이런 것밖에 없었다.

"기대되네요. 전에 아버지를 따라 노숙을 한 적이 있는데, 이번에도 좋은 추억이 될 것 같습니다."

3.

"뭐? 좋은 추억? 바율, 넌 이게 추억거리가 될 것 같냐? 이 상황이 말이 돼?"

일라이가 손가락으로 구석구석을 가리키며 길길이 날뛰었다.

"내가 푹신한 침대까지는 바라지도 않는다. 최소한 욕실 정도는 있어야 할 것 아니야! 이딴 천막에서 어떻게 자라는 건데?"

"라이, 진정해. 아까 못 들었어? 근처에 연못이 있다잖아. 거기서 씻으면 되지."

그게 무슨 대수냐는 듯한 에이단의 말에 일라이가 기가 찬 표정으로 쳐다보았다.

"그 더러운 구정물에서 씻으라고? 나 결벽증 있는 거 몰라?"

"그새 다녀왔냐?"

"당연하지! 혹시나 해서 가 봤는데 역시나더라! 사다함이라는 그 작자, 우리 엿 먹이려고 작정한 게 분명해! 가마인지 뭔지에 태워서 모셔 가도 모자랄 판에 이게 뭐냐고!"

일라이는 정말이지 폭발 직전이었다.

"라이, 씻는 게 문제라면 내가 이노센트에게 부탁해서……."

"그 꼬맹이가 잘도 해 주겠다! 그리고 클린 마법 정도는 나도 쓸 수 있거든?"

"그럼 뭐가 문젠데? 스스로 해결할 수 있으면서 왜 이렇게 역정을 내?"

"그냥 전부 너무 후져서 그렇다! 손에 와인 한 잔 딱 들고 따뜻한 물에 몸을 담근 채 밤하늘을 올려다보는 그런 낭만이 없잖아!"

"아, 너 그런 걸 원한 거였어?"

아무튼 허세로는 일등이었다.

"안 되겠다. 쟤 저쪽에 자리 하나 만들어 줘라."

일라이 때문에 시끄러워서 쉴 수가 없었다. 이제 고작 노숙 첫날인데 벌써부터 이러면 남은 날들은 상상만 해도 끔찍했다.

"자리를 만들라니, 어떻게?"

바율이 묻자 퀸이 귓속말로 속닥거렸다.

"정말 그렇게 하면 라이 화가 풀릴까?"

"일단 해 봐."

안 통하면 그때 또 다른 수를 생각해 내면 되었다.

천막이 뭐가 어떻다는 거냐, 네가 너무 곱게 자랐다, 더러운 걸 싫어하는 건 당연한 거다 등 에이단과 일라이가 옥신각신하는 동안, 바율은 퀸의 조언대로 천막 한쪽에 나무로 된 욕조를 만들어 냈다. 그리고 그 속에 물을 채우고 따뜻하게 데웠다.

"라이."

"왜!"

"아쉬운 대로 이걸로는 안 될까?"

에이단과 말다툼을 하느라 미처 발견이 늦었다.

"…바율, 네가 한 거야?"

일라이가 의외였는지 주저하며 물었다.

"응, 나도 이제 이 정도는 할 수 있어. 가국에 도착할 때까지 녀석들은 좀 쉬게 하려고."

아직 구체적으로 어떤 일을 해야 할지는 모르지만, 해야 할 게 많으리라는 건 기정사실이었다. 그전까지는 정령들을 최대한 자유롭게 두고 싶었다.

"와인은 없지만, 그래도 기분은 좀 나아지지 않겠어?"

"……"

"…마음에 안 드는 거구나? 그치?"

"아니, 뭐 꼭 그런 건 아닌데……."

"나쁘지는 않지만, 좋지도 않다는 거지 뭐."

사실 노숙을 하게 된 순간부터 심사가 꼬일 대로 꼬여 버린 일라이였다.

솔직히 말해 그는 바율이 푸대접을 받는 것 같아서 더 기분이 나빴다. 자국에 도움을 주러 온 특무대신을 이딴 식으로 대접한다는 건 상식적으로도 도저히 이해할 수 없는 행위였다.

"미안해, 라이. 괜히 나 때문에 너까지 고생하게 해서……."

"이게 왜 너 때문이냐? 저 밖에 있는 멍청한 태자 때문이지!"

생각이 있는 자였다면 애초에 이런 사태를 만들지도 않았을 것이다. 기분 같아서는 가국 전체를 싹 다 불바다로 만들고 싶은 일라이였다.

"아무튼, 알았어! 네 성의를 봐서라도 참아 볼게."

화를 낸다고 해서 달라질 게 없다는 건 일라이도 알고 있었다. 그가 못 이기는 척 말투를 누그러뜨리더니 의자에 털썩 주저앉았다.

그때 천막의 입구가 걷히며 손님이 찾아왔다.

이언과 맥, 그리고 한 명이 더 있었는데, 어제 기란항에서 바율이 노예로 받아들인 호세였다.

"혹시 중요한 말씀 중이신데 저희가 방해한 것입니까?"

"아니요, 이언 경. 무슨 일이신가요?"

"그게…… 이 아이가 백작님께 꼭 드릴 말씀이 있다고 하네요."

맥 보좌관이 옆으로 비키자 호세가 쭈뼛쭈뼛 눈치를 살피며 걸어 나왔다. 간밤에 많이 울었는지 녀석의 눈두덩이 퉁퉁 부어 있었다.

"저한테요?"

바율이 의아스럽게 바라보자 난데없이 호세가 바닥에 넙

죽 몸을 엎드렸다.

"…크흡, 죄송합니다! 용서해 주십시오!"

"이 자식은 왜 자꾸 아무 데서나 무릎을 꿇는 거야? 이러는 게 취미인가?"

녀석 때문에 모든 게 꼬인 것 같아서 호세를 향한 시선들이 다들 곱지 못했다.

"제가 십년전쟁의 영웅이신 란데르트 공작님의 아드님이신 것도 몰라뵙고…… 정말이지, 죽을죄를 지었습니다! 대륙의 위대한 첫 번째 정령사를 욕되게 하였으니, 지금이라도 그 벌을 달게 받겠습니다!"

"호세."

"네, 주인님!"

바율은 주인이라는 호칭이 조금 불편했지만 일단 넘어갔다.

"나는 이미 너를 용서했어. 그러니 더 이상 잘못을 빌지 않아도 돼."

"하지만 제가 지은 죄는……."

"아무노 다치지 않았잖아. 그리고 넌 잘못을 뉘우쳤고. 그러면 된 거야."

"……!"

"또 같은 잘못을 저지르지는 않겠지?"

"네! 네! 그럼요! 절대 그러지 않겠습니다!"

바율은 그의 생명을 살려 준 은인이었다. 자신의 노예가 되어도 괜찮겠냐고 묻던 어제의 모습을 녀석은 잊을 수가 없었다.

강렬한 인상을 남겼던 바율이 란데르트 공작의 아들이자 현재 대륙을 떠들썩하게 만든 정령사란 사실을 알았을 때, 호세는 결심했다.

평생 바율을 위해 살겠노라고.

앞으로 바율이 죽으라면 죽을 것이고, 살라면 살 것이었다.

"제 본명은 토모입니다. 이 목숨이 다하는 날까지 주인님을 열심히 섬기겠습니다!"

"아 씨! 뭐라고 하는지 하나도 못 알아듣겠잖아! 그냥 제국어로 말하면 안 돼? 너 제국 말 잘하잖아!"

어제저녁부터 종일 가국어만 듣고 있자니 에이단은 머리에서 쥐가 날 것 같았다. 간만에 모국어로 소통하며 겨우 숨통을 트이고 있었는데, 방해꾼이 나타나는 바람에 두통이 다시 밀려왔다.

"…그렇게 유창하지는 않아서요."

에이단이 소리치자 토모의 어깨가 움츠러들었다.

"얘 뭐라니? 이 정도면 엄청 잘하는 건데, 어울리지 않게 웬 겸손?"

"에이단."

"알았어, 조용히 있을게."

바율의 나지막한 음성에 에이단이 손을 들며 뒤로 물러났다.

"호세는 그럼 가명이었던 거야?"

"네, 주인님. 앞으로는 토모라고 불러 주십시오."

"…그 '주인님'이라는 호칭 말인데, 다르게 불러 주면 안 될까?"

"어떻게요……? 란데르트 백작님이라고 할까요?"

"응, 그게 낫겠다."

"네, 백작님! 백작님이 좋으시다면 그렇게 하겠습니다!"

토모가 고개를 격하게 끄덕이며 약조했다.

"이름이 호세가 아니라 토모였구나?"

"본명을 가르쳐 주는 걸 보니, 바율 네게 진짜 고마웠던 모양이네."

반성의 기미가 조금은 있는 것 같아서 그나마 다행이었다.

"그래, 토모. 당분간 잘 지내보자."

녀석은 모르겠지만, 바율은 본국으로 돌아가기 전에 토모에게 자유를 줄 생각이었다. 그의 노예로 있는 것은 일행이 가국에 있는 동안 만이었다.

귀국할 때까지 녀석이 나쁜 짓을 하지 않고도 살아갈 방법을 찾아내는 것이 또 다른 숙제라면 숙제였다.

바율이 이런저런 생각을 하고 있을 때, 맥 보좌관이 조심스럽게 입을 열었다.

"백작님, 토모가 조금 전 저희에게 이상한 말을 했습니다."

"…이상한 말이라니요? 갑자기 그게 무슨 말씀이세요?"

맥의 안색이 심상치가 않은 게, 어쩐지 불길했다.

"지금 저희가 가는 길은 금양으로 가는 방향이 아니라고 합니다."

"예? 그게 무슨……?"

토모가 처음에 만월 기사단을 들먹였을 때보다 더 황당한 말이었다.

직접 마중을 나온 태자와 함께 이동하는 중인데, 금양으로 가는 길이 아니면 대체 어딜 향하는 거란 말인가?

"토모, 아까 내게 한 얘기를 백작님께도 똑같이 말씀드리거라."

"넵."

막중한 임무라도 부여받은 듯 토모의 태도는 사뭇 비장했다.

"기란항에서 금양으로 향하는 길은 총 두 개입니다. 중간에 갈래가 나뉘긴 해도 결국은 다시 만나게 되지요. 그런데 저희가 있는 이곳은 그 두 개의 길 중 어느 것에도 해당하지 않습니다."

"그럼 우리가 지금 전혀 엉뚱한 곳으로 가고 있다는 소리야?"

"여기는 어딘데?"

"그건 저도 잘 모릅니다만……."

녀석의 표정을 보니 모른다면서도 내심 짐작 가는 바가 있기는 한 모양이었다.

"아무래도 태자 전하께서 란데르트 백작님을 골탕 먹이시려는 게 아닌지……."

"날 골탕 먹이려 한다고?"

"왜? 무슨 이유로?"

전부 어이가 없다는 듯 동시에 인상을 찌푸렸다.

"그건 저도 모릅니다. 하지만 이틀 후면 제 말이 맞는다는 걸 아실 겁니다."

"무슨 근거로 그리 말하는 거지?"

"기란항에서 금양까지는 이틀이면 충분하기 때문입니다."

거짓말 같지는 않았다. 녀석에겐 그럴 이유가 없었고, 눈빛이며 말투도 꽤 진지했다.

"이 봐, 내가 이럴 줄 알았어! 그 자식, 우리 엿 먹이려는 거라니까?"

겨우 진정하고 있던 일라이가 다시금 분노하며 일갈했다.

"맥 보좌관님, 어떻게 생각하십니까? 토모의 말에 신빙성이 있습니까?"

"네, 백작님. 그래서 제가 녀석을 데리고 온 것입니다. 여기 이 지도를 보십시오."

제국에서 가져온 가국의 지도였다. 맥 보좌관이 그것을 탁자 위에 펼치고 말했다.

"본국에서 제작한 거라서 가국의 지형과 완벽하게 일치하지는 않을 수도 있습니다. 하나 제 생각에도 사다함 태자가 의도적으로 금양행을 늦추려는 것으로 보입니다."

"저도 같은 생각입니다."

이언이 굳은 얼굴로 맥의 의견에 동의했다.

바율은 도무지 작금의 상황을 이해할 수가 없었다. 엄청난 조건까지 내걸고 자신을 초대하였다.

그런데 금양행을 지연시킨다?

가국 왕실에 무슨 일이라도 터진 것일까?

사다함에게서 딱히 적의를 느끼지는 못했다. 그는 자신의 방문을 진심으로 환영했고, 재난 복구에 아낌없는 지원을 하기로 이미 약속까지 했다.

한데 이러는 저의가 무엇이란 말인가.

"도련님! 당장 밖으로 나와 보셔야 할 것 같습니다!"

만월 기사단이 천막 안으로 다급히 달려 들어온 것은 그때였다.

"무슨 일이지?"

"그게, 데스 경께서……."

뒷말은 들을 필요도 없었다. 이언을 선두로 다들 부리나케 뛰쳐나갔다.

"그러니까 그쪽이 먼저 부딪친 거 아니오? 대체 눈을 어디에다 두고 다니기에 사람을 막 치고 다니는 게요?"

"아몬은 길이 있어서 걸었을 뿐이다. 그게 뭐 문제인가?"

"더욱이 지나가다 충분히 부딪칠 수도 있는 건데, 왜 시비지?"

"시비가 아니라, 여기엔 보다시피 군용 물품이 가득하오. 이걸 지키는 게 내 임무란 말이외다!"

"그런데?"

"혹시 이게 탐이 나서 온 거라면 당장 썩 물러가시오!"

"하핫! 네깟 놈이 감히 우리를 도둑 취급하는 것이냐?"

저녁을 먹고 잠시 산책을 나선 데스 형제들이었다. 그 도중에 가국의 무사가 아몬에게 일부러 부딪쳐 왔고, 말도 안 되는 억지를 부리고 있었다.

이건 흡사 싸우고자 하는 신호 같았다.

"흠, 팔 병신에 장님까지 있으니 도둑질이 꽤 고생스럽겠소이다."

마지막 말은 해서는 안 되었다. 가국 무사의 이죽거림에 데스의 눈자위에서 붉은빛이 일렁였다.

이런 놈은 자고로 맞아야 정신을 차리는 법이다. 마계에선 그냥 죽여 버리곤 했지만, 여기는 인간계이니 그에 맞게 대처해야 한다.

데스가 손을 뻗자 풀숲에서 나무 막대기가 스스슥 허공을 타고 날아왔다. 그 마술 같은 장면에 가국의 무사들이 일제히 긴장하며 두어 걸음씩 뒤로 물러났다.

"겁먹기는. 왜, 무섭냐?"

"…무, 무슨 짓이오? 설마 그걸로 우릴 치겠다는 것이오?"

"그럼 이걸 내가 먹으려고 가져왔을까?"

데스의 고개가 한쪽으로 기울어졌다. 그 아무것도 아닌 동작에 가국의 무사들은 자신들도 모르게 더럭 두려움이 치솟았다.

"생각 같아선 모조리 없애 버리고 싶다만, 나의 식생활 때문에 참는 거다. 운 좋은 줄 알아."

"우, 우리라고 가만히 당하고 있을 순 없지!"

차앙!

가국의 무사들은 데스의 기세에 겁을 먹긴 했지만 각자
무기를 꺼내 들었다. 그들의 검은 데스의 나무 막대기와는
달리 잘 벼려져 있었다.

하지만 결과는 참담했다.

무기도 무기지만, 다수 대 한 명이었는데도 바닥에 쓰러
져 시름시름 앓고 있는 건 가국의 무사들뿐이었다. 물론 그
한 명이 데스였으니 당연하다면 당연한 결과였다.

"데스!"

한발 늦은 바율은 눈앞의 참상에 머리가 아팠다.

"무슨 일이지?"

소식을 들었는지 사다함이 미간을 잔뜩 찡그린 채 반대
편에서 걸어오고 있었다.

"태자 전하!"

쓰러져 있던 자 중 그나마 상태가 나은 가국의 무사 하나
가 힘겹게 몸을 일으키며 고했다.

*"저자가 가만히 있는 저희에게 갑자기 시비를 걸었습니
다! 너무나 한순간에 벌어진 일이라서 다들 제대로 방어조
차 못 하고 변을 당했습니다. 크흑!"*

말을 마친 사내가 가슴을 부여잡으며 통증을 호소했다.

"괜찮은가?"

"저보다는 동료들을 먼저 살펴봐 주십시오!"

신관으로 보이는 듯한 자가 다가가자 사내가 동료들을 돌아보며 부탁했다.

"하! 아주 놀고들 있네."

그걸 잠자코 지켜보고 있던 데스가 어이없는 웃음을 터뜨렸다.

"데스."

가국의 태자인 사다함도 함께 있는 자리였다. 잘잘못을 떠나서 예의를 갖출 필요가 있었다.

"그쪽 말도 듣고 싶군. 내 수하의 말이 모두 사실인가?"

그때 사다함이 데스를 향해 물었다. 그러자 아몬이 대신 나서서 해명했다.

"그렇지 않습니다. 우리에게 먼저 시비를 건 것은 가국의 무사들이었습니다."

"…그래?"

사다함은 아몬이 가국어를 생각보다 유창하게 하자 의외라는 듯 쳐다보았다.

"뿐만 아니라, 군용 물품 곁을 지나갔다는 이유만으로 우리를 도둑 취급하였습니다."

"도둑이라고요?"

바율이 눈살을 찌푸리며 묻자 바르와 아고스가 동시에

고개를 세차게 위아래로 끄덕였다. 딴에는 굉장히 억울했던 모양이었다.

"헉! 데스가 도둑질을 했대?"

가국어를 못 알아듣는 에이단이 도둑이란 단어에 지레짐작하며 놀라자 일라이가 혀를 차며 말했다.

"먹을 것도 아닌데, 저놈들이 퍽이나 훔쳤겠다!"

"뭔 소리야?"

"군용 물품 옆을 지나치는데 저쪽에서 갑자기 도둑으로 몰았단다. 이게 말이 되냐? 저 상자 안에 고기라도 들어있다면 모를까."

"그야 그렇지. 먹을 것도 아닌데, 데스가 손을 댈 리가 없지."

"무슨 이유인지는 몰라도 저 가국의 무사가 거짓말을 하고 있는 거야."

데스와 그의 형제들이 무엇에 관심을 가지는지 너무나 잘 아는 그들이었기에 누가 거짓을 말하고 있는지는 금방 눈치챌 수 있었다.

"*태자 선하, 아무래도 뭔가 오해가 있었던 것 같습니다.*"

"*오해?*"

"*네, 제 가솔들은 타인의 물건에 욕심을 내는 자들이 아닙니다. 또한 절대 먼저 시비를 걸지도 않습니다.*"

"그럼 지금 이 상황은 어떻게 설명할 텐가?"

태자가 여전히 바닥에 엎어져 있는 수하들을 가리키며 불편한 기색을 내비쳤다.

"그건 저들이 무언가 실수를 했거나 잘못을 저질렀겠지요. 감히 한 말씀 올리자면, 나라의 손님을 박대하고 거짓을 고하는 수하들에겐 그에 합당한 처벌을 내려야 한다고 생각합니다."

그건 사다함에게 바율이 하고픈 말이기도 했다. 태자의 신분으로 마중까지 나와서 자신을 이리 대하는 진짜 이유가 무엇인지 궁금했다.

"가솔들을 꽤 신뢰하고 있군. 그들의 말이 거짓이고, 내 수하의 말이 사실일 수도 있는 것 아닌가?"

"제대로 방어조차 못 했다던 저들을 보십시오. 하나같이 손에 무기를 들고 있습니다. 반면 제 가솔들은 어떻습니까?"

"…전부 빈손이로군."

"다행히 이들에게 무기는 그리 중요하지 않습니다. 어떤 경우에도 무력으로 밀릴 일은 없지요."

"대단한 자신감이야."

"제가 드리고 싶은 말씀은, 제 가솔들은 상대가 먼저 자극하지 않는 한 문책당할 만한 일을 하지 않는다는 것입니다."

그러니까 그쪽 수하들이나 잘 단속하라는 바율의 또 다른 표현이었다.

 '호오, 상당히 단호한데.'

 부드럽고 자상한 면만 있는 줄 알았는데, 가솔들을 지켜내는 말솜씨가 이제까지의 모습과는 많이 달랐다. 강경한 말씨 하며 흔들림 없는 곧은 눈빛이 유약해 보이는 생김새와 달리 제법 듬직했다.

 어떤 상황에 닥쳐도 자기 식구는 보호할 줄 아는 것. 가국의 사내들에겐 가장 중요한 덕목이었다.

 '좋아. 두 번째도 합격이다.'

 남은 건 이제 마지막 관문 하나뿐이었다.

 '그것까지 무사히 통과한다면, 나도 진지하게 한번 생각해 보도록 하지.'

 "자간."

 "네, 태자 전하."

 "밤이 늦었다. 서둘러 정리하고 잠자리에 들자꾸나."

 더 이상 시시비비를 따질 생각이 없는 듯 사디힘이 짧게 인사를 긴네고는 사라졌다.

 "천막 입구에 보초를 세우겠습니다. 필요한 게 있으시면 언제든 그들에게 말씀만 해 주십시오."

 자간의 설명에 바율은 고개를 한차례 끄덕이곤 일행과

함께 원래의 막사로 돌아갔다.

생각보다 일이 잘 마무리가 되어서 다행이었지만, 아무래도 뭔가 이상했다.

사다함은 어떻게 된 거냐고 간단히 묻기만 했을 뿐, 이후로 어떤 추궁도 하지 않았다.

가국의 손님으로 이곳까지 온 바율이었다. 사사롭다고는 하나, 가국의 병사들로 인해 무력 다툼이 있었다면 마땅히 그에 따른 사과가 있어야 할 것이다.

아무 일 없었다는 듯 지나가는 건 바율과 일행을 무시하는 처사였다.

'사다함 태자가 이런 자라고는 듣지 못했는데…….'

그의 무례함에 바율은 점점 불쾌해졌다.

"너, 뭔데? 당장 여기서 나가지 않으면 소리 지른다!"

"이거 리타 목소리 아니야?"

한창 복잡한 생각을 하며 걷고 있던 바율의 귀로 리타의 쇳소리가 들린 것은 그때였다.

"리타! 무슨 일이야?"

바율은 행여 리타가 또 안 좋은 일에 엮였을까 싶어 다급하게 천막 안으로 뛰어 들어갔다.

"스승님! 왜 그러십니까?"

바르가 잽싸게 리타에게 다가가 그녀의 행색을 살폈다.

"뭐야? 이 자식이 너 괴롭혔어?"

데스는 당장이라도 상대를 먼지로 만들어 버릴 것 같은 기세였다.

"근데 토모, 넌 여기서 뭐 하냐?"

리타가 눈에 쌍심지를 켠 채 노려보고 있는 건 다름 아닌 토모였다. 녀석이 억울함과 두려움이 뒤섞인 얼굴로 더듬더듬 해명했다.

"그게…… 저는 그저 백작님의 잠자리를 봐 드리려고 했을 뿐인데……."

"누구 맘대로! 그건 내가 평생을 해 온 일인데 네가 왜 함부로 나서는 거야?"

"주인님, 아니 백작님을 위해 남은 생을 바치기로 다짐했습니다! 앞으로 어떤 허드렛일도 마다하지 않을 테니 맡겨만 주십시오!"

"항구에서 우리를 해치려고 할 때는 언제고, 진짜 웃겨!"

토모가 바율의 노예가 되었다는 건 리타도 알고 있었다. 하지만 감히 자신의 일을 넘보려고 하다니, 어처구니가 없었다.

"됐거든! 도련님은 내가 알아서 챙기니까 넌 신경 꺼! 그리고 경고하는데, 도련님 물건에 손가락 하나라도 댔다간 봐! 내가 아주 그냥 콱! 깨물어 버릴 테니까!"

"윽, 완전 살벌한데?"

"리타를 누가 말리겠니."

바율과 관련된 일에서는 어떤 회유도, 결탁도 통하지 않는 사람이 바로 리타였다. 토모가 애를 쓰는 건 잘 알겠다만, 이번에는 번지수를 잘못 골라도 한참 잘못 골랐다.

리타에겐 성역을 건드린 셈이나 마찬가지이니, 한동안 꽤 미움을 사게 생겼다.

"초장부터 힘들겠네."

"심심한 애도를 표한다."

토모의 어깨를 툭툭 두드리고는 친구들이 자리에 둘러앉아 조금 전 하다 만 이야기를 다시 시작했다.

"이틀 후에 진짜로 금양에 도착하지 못하면, 그땐 어쩔 거야? 태자한테 뭐 하는 짓이냐고 따져 물을 거야?"

"따지기는 뭘 따지냐? 국빈을 데리고 장난질을 쳐 댔으니 바로 응징을 가해야지!"

"라이, 어째 너 요새 상당히 거칠어졌다? 모범생 이미지 버리는 거냐?"

"지금 방학이거든? 그보다 괘씸하잖아! 대륙의 유일무이한 정령사인 바율에게 대체 이게 무슨 경우냐고!"

"그건 라이 말이 맞아. 바율은 이런 대우를 받을 이유가 없어. 그러지 않습니까, 맥 보좌관님?"

로건이 맥에게 의견을 구할 때였다. 밖에서 바율을 찾는 목소리가 들렸다.

"로건, 잠깐만."

바율은 이언, 맥과 함께 천막을 걷고 나가 보았다.

"자간 경?"

"헤어진 지 얼마 되지도 않았는데, 무슨 일이십니까?"

"그것이, 제가 말씀을 드린다는 걸 미처 깜박하였습니다. 란데르트 백작님의 거처는 따로 마련해 두었으니, 저를 따라오시지요."

"저만 따로 말입니까?"

"특무대신으로 본국을 방문하신 백작님에 대한 사다함 태자 전하의 배려이십니다."

이제 와서?

바율은 저도 모르게 그리 반문하고 싶었다만, 애써 참고는 거절했다.

"아닙니다. 저는 이곳에서 일행과 함께 자는 것이 더 편합니다. 사다함 태자 전하께는 마음만 감사히 받겠다고 전해 주십시오."

"…송구한 말씀입니다만, 태자 전하의 뜻을 따라 주시지 않겠습니까?"

"예?"

"나라의 국빈을 모시고 이렇게 노숙을 하게 된 것도 너무나 죄송한 상황입니다. 한데 그 와중에 대접까지 소홀했다는 게 알려지면, 국왕 전하께서 크게 노하시어 태자 전하를 엄히 꾸짖으실 겁니다. 모쪼록 간곡히 부탁드립니다."

이미 홀대는 차고 넘치게 당하고 있었다. 말로는 죄송하다고 하고 있지만, 듣자 하니 그것도 태자가 아버지인 무무왕에게 혼이 나지 않도록 도와 달라는 투였다.

바율은 기분이 썩 편하진 않았지만, 어떻게 할지 몰라 이언과 맥을 응시했다. 잠시 시선을 주고받던 둘은 이내 고개를 끄덕이며 대답했다.

"제가 밖에서 직접 지키도록 하겠습니다."

"태자 전하의 성의이니 거절하시는 것도 예의는 아닐 겁니다. 이언 경께서 계신다고 하니 홀로 편히 주무십시오."

"저는 다 같이 있는 게 훨씬 편한데 말입니다."

바율은 한숨을 푹 내쉬고는 어쩔 수 없이 자간을 따라나섰다.

"전 괜찮으니 이언 경도 가서 쉬세요."

"아닙니다. 그러면 제가 더 불편합니다."

바율이 군이 그럴 필요 없다며 이언을 돌려보내려 했지만, 그는 말을 듣지 않았다. 작년에 아카데미에서 큰 사고를 겪은 이후로 이언은 전보다 밀착 경호에 더 신경을 쓰는 편이었다.

"이곳입니다."

"제가 먼저 잠시 둘러보겠습니다."

바율의 막사는 겉에서만 봐도 화려하기가 이루 말할 수가 없었다. 기둥 마디마디 사이에 정교한 문양의 조각이 새겨져 있었고, 천의 재질과 색감 또한 다른 막사와는 천지 차이였다.

안도 비슷했다. 엄청난 크기의 침대가 중앙을 차지하고 있었는데, 그 위에 부드러운 양털 가죽이 쫙 깔려 있었다. 침대 주변에 켜진 촛불에선 기분이 좋아지는 은은한 향내가 풍겼다.

"씻으실 물도 받아 놓았습니다. 그럼 편히 쉬십시오."

침대 옆으로 사람 네다섯은 들어갈 만한 넓은 나무 욕조가 있었고, 그 안엔 예상대로 깨끗한 물이 채워져 있었다.

갑자기 자신만 특별 대우를 받는 것 같아서 바율은 왠지 미안한 마음이 들었다.

"저도 나가 있겠습니다."

아무 문제가 없는 것을 확인한 이언이 인사를 하고는 지간의 뒤를 이어 천막 밖으로 나갔다.

"흐음."

선뜻 움직이지 못하고 가만히 서 있던 바율은 천천히 겉옷을 벗어 소파에 걸쳐 두었다. 그리고 그대로 침대 중앙에

팔베개를 하고 누웠다.

잠을 자려는 것은 아니었고, 생각을 정리하기 위해서였다. 사다함 태자의 속셈이 무엇인지, 자신에게 이러해서 무슨 이득을 보려는 건지 여러 가설을 세워 보았으나 딱히 들어맞는 게 없었다.

그렇게 시간이 얼마나 흘렀을까.

언뜻 잠이 든 바율의 뺨 위로 부드러운 손길이 지나갔다.

"······!"

바율은 깜짝 놀라며 잠에서 깨어났다. 그런 그의 시야에 웬 여인 하나가 들어왔다.

"누, 누구십니까?"

"소녀는 청하라고 하옵니다. 오늘 밤 백작님을 모시게 되어 너무나 영광입니다."

"나, 나를 모신다고요?"

"많이 놀라셨나요? 벌써부터 놀라면 아니 되실 텐데······."

청하라는 소녀가 싱긋 웃으며 가운을 벗었다. 그녀의 하얀 나신이 드러나자 바율은 이게 무슨 상황인지 단박에 깨달았다.

바율이 진짜로 화가 나는 순간이었다.

4.

"태자 전하, 자간입니다."

"들어와."

사다함은 직접 잡은 사벨 타이거 털가죽 위에서 비스듬히 누운 채 술을 마시고 있었다. 그런 그의 머릿속은 온통 특무대신으로서 본국을 방문한 바율로 가득했다.

흥미로운 아이였다.

처음엔 상상했던 것보다 더 약하고 어려 보이는 모습에 내심 실망스러웠는데, 지금은 생각이 많이 달라졌다.

제국의 '살아 있는 전설'로 불리는 란데르트 공작의 유일한 후계자.

대륙의 위대한 첫 번째 정령사.

열일곱의 나이로 황제에게 직접 작위를 하사받은 최연소 특무대신.

바율을 수식하는 말들은 이토록 화려하기 짝이 없었다.

한데 녀석의 어디에서도 특권 의식 같은 건 찾을 수 없었다. 엄청난 배경을 등에 시고서도 오만하기는커녕 겸손하다 못해 수더분하기까지 했다.

만난 지 이제 고작 이틀밖에 되지 않기는 했지만, 사다함은 바율이 퍽 마음에 들었다.

"훗, 역시 실패한 모양이네."

사다함이 자간과 함께 들어오는 청하를 발견하고 쿡 웃음을 터뜨렸다.

"태자 전하, 지금 웃음이 나오세요?"

그녀가 뾰로통한 얼굴로 다가와 사다함의 옆에 털썩 주저앉았다.

"이런 건 왜 시키셔서! 자존심만 왕창 상했잖아요!"

"세상에 널 거절할 남자는 없을 거라면서?"

"그러니까요! 어떻게 절 거부할 수가 있죠? 혹시 그 백작님, 여자 말고 남자 좋아하는 거 아니에요?"

"뭐어?"

"열일곱 살이면 다 큰 어른이나 마찬가지인데, 이렇게 예쁜 절 마다한다는 게 말이 안 되잖아요! 저를 보던 그 불쾌한 눈빛이라니, 기분 엄청 상했다고요!"

"이번 기회에 외모가 전부는 아니라는 걸 아주 잘 깨달았겠군."

"태자 전하! 지금 저 놀리시는 거예요?"

"약속대로 수고비는 줄 테니까, 그만 진정해. 여기서 더 나가면 금양 최고 미녀인 청하, 네 꼴만 더 우스워져."

"태자 전하의 눈에도 제가 제일 어여쁘기는 한가 보죠?"

조금 전까지만 해도 투덜거리던 청하가 언제 그랬냐는 듯 사다함에게 가까이 붙으며 애교 섞인 음성을 발했다.

"뭐, 어여쁘기는 하지. 그러니 여기까지 데려온 것이기도 하고."

"쳇, 그래도 휘월 공주 마마보다는 아니라는 거죠? 아무튼 못 말리신다니까. 오라버니 없는 사람 어디 서러워서 살겠어요?"

청하도 알고 있었다. 태자인 그가 왜 자신을 란데르트 백작의 침실에 들어가게 하였는지.

하나뿐인 여동생을 끔찍이 여기는 그 마음의 절반이라도, 아니 십 분의 일이라도 자신에게 내주기를 얼마나 바라 왔던가.

하지만 그들 사이엔 엄연히 신분의 격차라는 게 존재했다. 그나마 태자를 이렇게라도 볼 수 있는 걸 다행으로 여기는 게 나았다. 해서 오늘도 애써 본심을 숨기며 너스레를 떠는 그녀였다.

"태자 전하! 큰일 났습니다!"

사다함과 청하가 오랜만에 대작하며 이런저런 대화를 나누고 있을 때였다. 가국의 병사가 헐레벌떡 막사 안으로 뛰어 들어왔다.

"웬 호들갑이냐?"

자간이 눈빛을 부라리며 묻자 병사가 더듬거리며 보고했다.

"그, 그것이…… 떠, 떠나신다고 합니다!"

"떠나다니? 누가 말이냐?"

"특무대신으로 오신 란데르트 백작님께서 말입니다!"

"뭐라?"

놀란 사다함이 자리에서 벌떡 일어났다.

"자세히 말해 보아라. 그게 대체 무슨 소리냐!"

"저, 저도 연유는 모르겠습니다. 그저 갑자기 제국으로 돌아가시겠다며 한밤중에 일행을 깨우고 계십니다!"

"태자 전하! 막아야 하옵니다! 이대로 란데르트 백작을 돌려보내면 국왕 전하께서 대로하실 게 분명합니다!"

어디 대로만 하시겠는가?

나라의 손님을 제대로 수행하지 못했다는 죄를 물어 벌을 내리실지도 모를 일이었다. 아무리 태자인 그라 할지라도 금번과 같은 상황에선 예외일 수 없었다.

"지금 란데르트 백작은 어디 있는가?"

"당장 백작이 있는 곳으로 태자 전하를 안내하거라!"

자간의 서슬 퍼런 명령에 병사가 서둘러 왔던 길을 반대로 돌아서 달려나갔다.

"청하, 백작을 화나게 할 만한 말이라든가 행동을 한 게 있느냐?"

"아니요, 태자 전하. 저를 보시자마자 막사에서 나가셨습니다. 제가 잡을 틈도 없었던걸요."

"알았다."

병사를 따라나서기 전 혹시나 하고 물은 것이었다. 바율의 돌발 행동에 당황하긴 했지만, 사다함은 침착하려 애썼다. 그는 자간과 함께 황급히 바율이 있는 곳으로 이동했다.

5.

"다들 빼먹지 않고 짐 잘 챙겼지?"

"애초에 가져온 게 얼마 안 되니까. 근데 바율, 진짜로 돌아가려고? 이래도 되는 거냐?"

오밤중에 자다 말고 이게 웬 난리인지, 짐을 꾸리면서도 다들 어안이 벙벙했다. 그들은 바율이 왜 이렇게 화가 난 건지도 아직 듣지 못했다.

"모든 책임은 내가 져. 자다 깨서 피곤하겠지만, 지금은 우선 내 뜻대로 해 줬으면 좋겠어."

"바율, 뭐 심각한 일이라도 있었던 거야?"

바율은 걱정스레 묻는 로건을 향해 말없이 웃어 보이고는 이언과 맥에게 당부했다.

"사다함 태자는 제가 상대하겠습니다. 두 분께선 어떤 경우에도 나서지 마십시오."

"하오나 도련님……."

"아버지께서 그러셨습니다. 적에게 발톱을 드러낼 땐 상대가 가장 두려워하는 것을 공략해야 한다고요. 그래야 원하는 것을 얻을 수 있다고, 그리 말씀하셨습니다."

"그 말은, 사다함 태자가 적이라는 거야?"

"지금으로서는."

바율의 단호한 대답에 친구들이 당혹스러운 눈빛으로 서로를 돌아보았다. 대체 그 작자가 뭔 짓을 벌였기에 순하디순한 바율을 이 지경으로 만들어 놓았는지 의아할 따름이었다. 마음 같아서는 태자를 붙잡고 묻고 싶은 심정이었다.

그런 친구들의 바람 탓이었을까.

준비를 마친 일행이 막사를 나오자 때마침 사다함 태자가 수하들과 함께 들이닥쳤다. 그는 바율이 진짜로 짐을 꾸린 것을 보고 아연실색했다.

"바율! 이 야밤에 제국으로 돌아가겠다니, 정녕 진심인가?"

"그렇습니다, 태자 전하. 보시다시피 이제 막 떠나려던 참입니다."

바율의 막힘없는 대꾸에 사다함은 순간 할 말을 잃었다. 바율의 태도는 여전히 예를 갖추고 있었지만, 말투에서 이전에는 없던 가시가 느껴졌다.

"이, 이건 말이 안 돼. 갑자기 이러는 경우가 어디 있단 말인가? 특무대신이라는 자가 어찌 이리도 무모하게 구냔 말이다!"

"그건 도리어 태자 전하께 제가 드리고 싶은 질문이군요."

"무어라?"

"일국의 태자께서 국빈인 저를 어찌 이리 대하시는 겁니까? 제가 어리다고 만만히 보시는 것입니까?"

"그럴 리가 있겠나! 노숙을 하게 된 것은 정말로 미안하게 생각하네. 하지만 그건 수도로 가는 가장 빠른……."

바율이 떠날 채비를 마쳤다는 생각에 초조했기 때문인지, 사다함은 저도 모르게 여태까지와는 조금 다른 말투로 비율을 내하고 있었다.

바율은 그런 사다함을 곧게 응시하며 강경하게 말했다.

"더 이상의 거짓말은 용납하지 않겠습니다. 저는 황제 폐하의 명을 받고 가국에 도움을 주기 위해 방문한 특무대신입니다. 즉, 저를 무시하는 행위는 곧 폐하를 무시하는 것과 다름없다는 말씀입니다. 그런데도 계속 거짓을 말씀하시겠다면 앞으로는 제국과 형제의 연을 끊겠다는 뜻으로 해석해도 되겠습니까?"

"혀, 형제의 연을 끊겠다니! 그건 말이 너무 심하지 않은가! 국가와 국가 간의 약조를 어찌 그리 일방적으로 끊는단 말인가!"

바율의 무시무시한 발언에 그야말로 사다함은 가슴이 철렁 내려앉았다. 착하고 순진하게만 여겼던 바율이기에 한편으론 이같이 싸늘한 반응을 믿을 수가 없었다.

"태자 전하께선 아까 수하의 잘못에 대해 여태 저와 제 가솔들에게 아무런 사과도 하지 않으셨습니다. 그들이 일부러 시비를 걸었다는 건 태자 전하께서 더 잘 아실 테지요. 게다가 조금 전에는 난데없이 제 침실에 여인을 보내기도 하셨습니다."

"뭐, 뭐라고? 여자?"

이제야 바율이 왜 이렇게 화가 났는지 이해가 되었다.

"가국에선 손님을 이런 식으로 대접하는 것이 관례입니까?"

"아, 그건 내가 미안하네. 나름대로 생각한다고 그랬던 건데, 의도와 달리 기분이 상했다면 사과하지."

술도 마다했던 고지식한 상대에게 여인을 들여보냈으니, 아무리 시험을 해 보려 했다지만 본인이 생각해도 참으로 멍청했다. 사다함은 상황을 여기까지 끌고 온 자신의 선택을 뒤늦게 후회했다.

"금양행을 늦추는 이유는 무엇입니까?"

"……!"

"이 길이 금양으로 가는 방향이 아니라는 것을 알고 있습니다. 자연재해의 해결이 시급한 상황일 텐데, 저에게 이러는 연유가 무엇이죠?"

"그, 그건…… ."

허를 찔린 사다함은 다시금 말문이 막히고 말았다. 사실대로 말하자니 바율이 더 심하게 화를 낼 것 같고, 거짓말을 하자니 바로 들통이 날 듯했다.

'내가 큰 실수를 했구나.'

사다함은 인정하지 않을 수 없었다. 상대가 어리다고 자신도 모르는 사이 쉽게 생각했던 모양이었다.

이 모든 건 자신의 경솔함이 초래한 결과였다.

"합낭한 답을 하지 않으시면 그만 돌아가겠습니다. 저와 제 일행은 이런 대접을 받을 이유가 없습니다."

좋게 좋게 넘어가는 것도 한두 번이었다. 이번에도 가만히 참는다면, 앞으로 지금과 같은 상황이 계속 닥칠 게 분명했다. 그때마다 바보처럼 끌려다닐 수는 없었다.

아버지께서 굳이 자신에게 관직과 작위를 하사받게 하신 이유도 이러한 상황에 직면할 것을 예상하셨기 때문이었다.

"그만 가죠."

"마, 막아라!"

말 없는 태자를 잠시 지켜보던 바율이 이내 마음을 결정하고 돌아서는 순간이었다. 무기를 든 가국의 병사들이 우르르 움직이며 진로를 차단했다.

"…지금 무력으로 저지를 하시겠다는 뜻입니까?"

"아니네! 그건 절대 아니야."

그저 다급함에 바율의 걸음부터 막은 것뿐이었다.

"후우!"

사다함이 할 수 없다는 듯 한숨을 내쉬며 고백하듯 털어놓았다.

"실은…… 내가 시험을 좀 한 거였어."

"…시험이라고요?"

"바율, 네가 어떤 사람인지 알고 싶었다고 하면 설명이 되려나?"

"그러니까 제 능력을 시험하고 싶으셨다, 그런 말씀입니까?"

"뭐, 비슷하지. 능력도 능력이지만······!"

갑자기 땅이 흔들렸다. 지진이라도 난 것처럼 바닥 전체가 진동하더니, 어느 순간 그들 옆으로 거대한 흙산이 생겨났다.

그것만이 아니었다.

어디선가 차가운 강풍이 몰아치며 천막이 들썩거렸다. 막사를 지탱하던 기둥이 그 바람을 이겨 내지 못하고 우지끈 소리를 내며 부러졌다.

그리고 바율의 머리 위, 공중에는 어느 틈엔가 불화살과 물의 창이 떠올랐다. 그것들은 언제라도 가국의 인물들을 향해 쏘아질 준비를 마친 상태였다.

"혹시 정령사로서 저의 능력을 의심하신 거라면, 이제 답이 되었습니까?"

사다함은 결단코 바율의 능력을 의심하지 않았다. 그가 궁금했던 건 그저 바율이란 사람의 인성과 됨됨이 같은 것이었다.

하지만 한순간에 일어난 믿지 못할 광경에 그는 일말의 변명조차 하지 못했다. 그저 눈앞의 상대를 멍하니 바라보기만 할 뿐이었다.

Chapter 3.
가국 입성

1.

"도통 어디서부터 말을 시작해야 할지 모르겠군."

사다함은 애꿎은 찻잔만 들었다 놨다 할 뿐 쉽게 말을 잇지 못했다. 현재 바율은 그의 간곡한 청에 일단 발길을 멈추고 막사로 들어와 독대 중이었다.

"우선 정령사로서의 너의 능력을 의심한 건 절대 아니라는 걸 알아주었으면 해. 그건 정말이지 말도 안 되거든."

"그렇습니까?"

"그래. 그 능력을 의심했다면 애초에 널 초대했을 리가 없잖아. 그냥 나는…… 네가 나의 매제가 되어도 좋을지 어떨지를 알고 싶었을 뿐이야……. 그걸 시험이라고 표현한 건 미안하게 생각하고 있어."

"…매제라고요?"

끄덕.

"그럼 설마 저와 휘월 공주님을……?"

예상치도 못한 얘기에 바율의 눈이 휘둥그레졌다. 그걸 오해한 듯 사다함이 반색하며 서둘러 말을 이었다.

"역시 너도 우리 휘월을 마음에 두고 있었군! 그럴 줄 알았어! 난 무조건 찬성이다!"

"아닙니다, 그런 거!"

바율은 오해가 깊어지기 전에 즉시 수습에 나섰다.

"저는 휘월 공주님을 마음에 두고 있지 않습니다. 전혀 생각지도 못한 이유라서 잠시 놀란 것뿐입니다. 오해하지 마십시오."

"우리 휘월이 마음에 없다고……? 그건 휘월이 싫다는 뜻이야?"

어떻게 그럴 수가 있냐는 듯 사다함의 표정이 일그러졌다.

바율은 그가 기분 나쁘지 않도록 차분하게 설명했다.

"마음에 없다는 것이 곧 싫다는 뜻은 아닙니다. 단지 저는 휘월 공주님을 이성으로서 생각해 본 적이 없을 뿐입니다."

"여자로 느낀 적이 없다는 의미인가?"

"네. 휘월 공주님을 만났던 것도 아주 잠깐이었고, 애초에 이렇다 할 이야기를 제대로 나눠 보지도 못했습니다. 무엇보다 아직은 학생 신분인 데다 정령사로서 해야 할 일이 많아 그런 것에 신경 쓸 여유도 없습니다."

"…그렇군."

"혹시나 해서 말씀드리는데, 앞으로도 그런 걱정이라면 일절 하지 않으셔도 될 겁니다."

딱 잘라 말하는 바율의 태도에 사다함은 적잖이 당황했다. 그러니까 상대는 처음부터 그럴 마음이 전혀 없었는데, 자신 혼자서 쇼를 한 셈이었다.

'아버지……!'

사다함은 눈을 감으며 속으로 아버지를 부르짖었다. 그가 이런 사태를 만든 데에는 아버지인 무무왕의 탓이 가장 컸다.

어느 날 문득 눈에 넣어도 아프지 않을 귀한 막내딸을 란데르트 공작의 아들에게 시집보내야겠다며, 태자인 그를 포함한 아들들에게 선포하신 것이다.

정작 당사자는 그럴 생각이 눈곱만큼도 없다는 걸 아시면 어떤 표정을 지으실까?

자신도 자신이지만, 아버지의 그 엄청난 착각에 쥐구멍이 있다면 당장이라도 숨고 싶은 심경이었다.

"진심으로 미안하네."

사다함은 자리에서 일어나 바율에게 고개를 숙이며 사죄했다.

"내겐 너무나 소중한 동생이라서 잠시 이성을 잃었던 것 같아. 설령 네가 진짜 휘월에게 호감이 있다 할지라도 당연히 그래선 안 됐던 거였는데, 자국을 돕기 위해 먼 발걸음을 한 귀빈을 시험한답시고 내 좋을 대로 대했으니…… 뭐라 할 말이 없군."

모든 게 착각이었다는 사실을 깨달은 순간, 사다함은 그제야 자신이 무슨 짓을 벌였는지 새삼 자각했다. 힘들어하는 자국의 국민을 구하기 위해 바삐 와 준 인물이거늘, 정작 그들을 돌보아야 할 자신이 사사로운 감정에 휩싸여 도움을 줄 이에게 무례하기 그지없는 짓들을 행했다.

비단 오라비로서뿐만 아니라 태자로서도 부끄러운 순간이었다. 무엇이 먼저이고 더 중요한지를 지금에서야 깨닫다니, 자신의 무지함과 철없음에 뒤늦은 후회가 몰려왔다.

사다함이 어리석었던 과거의 행태를 반성하며 무어라 더 말을 잇지 못하고 있을 때였다.

"그럼 태자 전하와 제 사이에는 이제 아무런 문제가 없는 것입니까?"

"……?"

"태자 전하의 사과, 받아들이겠습니다. 저 역시 무례하게 군 점 사과드립니다."

굳이 말은 안 했지만, 사실 바율도 진짜로 돌아갈 생각까지는 없었다. 그저 자꾸만 어긋나는 상황을 해결하기 위해 강경책을 사용한 것이 운 좋게 통했을 뿐이다.

태자에게 휘월 공주에 대한 이야기를 들으니 아주 조금은 이해가 가기도 했다.

사전에 익히 들어서 바율도 알고 있었다. 무무왕은 물론이고, 태자를 포함한 다섯 왕자들과 가국 왕실의 사람들이 휘월 공주를 어떻게 여기고 있는지에 대해.

금이야 옥이야 키운 귀한 막내 여동생의 남편감으로 느닷없이 자신이 지목된 것이 황당하긴 했지만, 이제라도 확실하게 뜻을 알렸으니 다행이었다.

얼마간은 꼼짝없이 가국에서 지내야 하는데, 그런 오해 속에서 시간을 보낼 수는 없었다. 그 순간을 상상하는 것 자체가 바율에게는 곤욕이었다.

"하면 제국으로의 귀환은 없던 일로 할 테가?"

"태자 전하께서 약조만 해 주신다면요."

"뭐든 약조하지! 내가 저지른 실수를 만회할 수만 있다면, 네가 원하는 건 뭐든 할게!"

"저는 그저 오늘과 같은 일만 없으면 족합니다."

"그건 정말 바보 같은 짓이었어. 다시 한번 사과할 테니 받아 준다면 기쁘겠군."

"기꺼이 받겠습니다."

사다함은 겨우 가슴을 쓸어내렸다. 모든 걸 솔직하게 말하고 나서도 바율이 돌아가겠다고 하면 잡을 명분이 없었기 때문이다.

아버지에게 혼이 나는 건 나중 문제로 두더라도, 나라의 근심만은 반드시 해결해야 했다. 자신의 짧은 판단으로 그것이 어그러질 뻔했다는 데에 다시금 깊이 반성한 사다함이었다.

"정말 고맙다. 이 은혜는 두고두고 잊지 않고 갚을게."

얼마나 고마웠는지 사다함은 바율의 손을 꽉 잡은 채 열 번도 넘게 반복해서 말했다.

그리고 그는 약속대로 날이 밝자마자 길을 틀고 금양행을 서둘렀다. 그뿐만 아니라 갑자기 어디서 났는지 최고급 마차가 준비되었고, 일행을 대하는 병사와 시녀들의 태도 역시 완전히 달라졌다.

하루 사이에 극과 극의 체험을 한 격이랄까.

일행은 기란항에서 출발한 지 정확히 사흘 만에 가국의 수도 금양에 도착했다. 토모의 말대로 처음부터 방향을 제대로 잡았다면 이틀이면 충분했을 듯했다.

가국의 왕성은 그 자체로 난공불락의 요새 같아 보였다. 그곳에서 일행은 뜻밖의 인물과 마주했다.

"안녕? 우리 오랜만이지?"

"록하?"

"응, 나야. 가국에 온 걸 환영해!"

그랬다. 일행이 입궁하자마자 만난 상대는 다름 아닌 록하였다.

바율의 손금을 보고 죽었다가 살아날 거라고 미래를 예측했던 아이. 녀석이 그들을 기다리고 있었다.

"네가 여기는 웬일이야? 설마 우리가 올 줄 알고 기다린 거야?"

"여기서 만나니까 되게 반갑다!"

"그러게. 조금 신기하기도 하네."

록하의 집안이 가국에서 꽤 위세가 높다는 얘기를 들은 적이 있었다. 한데 국빈으로 초대된 바율을 맞이할 정도면 보통 가문은 아닌 듯했다.

"내가 너희들의 안내를 맡았어. 설마 싫은 건 아니겠지?"

"당연하지! 외려 완전 좋다! 제국어로 말하니까 속이 다 시원해!"

가국어라면 치를 떠는 에이단이 가장 격하게 록하를 반겼다.

"멀리서 오느라 다들 피곤하지? 일단 목욕부터 하면 좋을 것 같아서 준비해 뒀는데, 어떻게 할래?"

"나는 좋아. 안 그래도 땀을 좀 많이 흘렸거든."

"아까부터 간절하게 씻고 싶었어."

"요즘 날씨가 갑자기 더워져서 그럴 거야. 이상하게 갈수록 더 더워지는 것 같아."

"그래? 우린 여름이라서 그런가 보다 했는데."

"비가 안 와서 더 그런 것 같기도 하고. 참, 우리나라의 목욕 문화는 제국과 좀 달라. 공중탕이라고 해서 다 같이 목욕하는 건데, 괜찮겠어?"

"전부 다 옷을 벗고 같이 씻는다고?"

"응. 여자는 여자끼리, 남자는 남자끼리. 아, 물론 개인적으로 씻을 수 있는 곳도 있긴 해."

"그럼 난 혼자 씻을래."

퀸은 역시나 가장 먼저 개인탕을 택했다. 나머지 사람들은 이러나저러나 상관없어 보였고, 에이단은 공중탕이란 것에 호기심을 보였다.

"짐은 궁인들이 각자 머물 방에 알아서 가져다 둘 거야. 그러니 여기 두고 날 따라와. 기사단 분들도 이쪽으로 오세요."

낯선 곳에서 안면이 있는 상대가 안내를 해 주니 괜스레 마음이 조금 편안해지는 느낌이었다.

"우와! 넓다! 이래서 여러 사람이 같이 목욕할 수 있는 거구나."

"저쪽엔 하늘도 보이는데?"

"노천탕이란 거야. 추운 겨울날 눈이 내릴 때 따뜻한 노천탕에 들어가면 그만한 호사가 없지."

"근데, 물이 좀 뜨거운 것 같은데?"

김이 오르는 게 눈으로도 보일 정도였다.

"생각보다 많이 뜨겁지는 않으니까 걱정 마. 이 물은 피로를 풀어 주는 온천수야. 날이 덥긴 해도, 몸을 담그고 있으면 금방 피로가 풀리는 게 느껴질 거야. 정 더우면 이쪽에 냉탕도 있으니까 참고하고."

일행 중에서 유일한 여자인 리타와, 홀로 씻기를 원하는 퀸을 제외한 모든 남자들이 록하의 안내에 따라 다 같이 공중탕에 몸을 담갔다.

"내가 본 욕조 중에 가장 커."

"서른 명도 넘게 들어올 수 있을 것 같지 않냐?"

"퀸 녀석도 같이 왔으면 좋았을 텐데, 암튼 까다롭다니까."

"인어족이면서 온천수는 별로인 건가?"

"그 자식이 그거 때문에 싫다고 했겠냐? 우리 앞에서 옷 벗는 게 싫어서 그런 거지."

"아! 그러고 보니 이노센트는 어디 있지?"

"응? 이노센트는 왜?"

갑자기 에이단이 이노센트를 찾자 물속에 머리까지 넣고 잠수했던 바율이 물 밖으로 나오며 물었다.

"아니, 여기에 이노센트가 나타나면 어떡하나 하고 말이 야. 홀딱 벗고 있는데 그건 좀 곤란하지 않겠냐?"

"그건 걱정 마. 설사 이노센트가 나타난다고 해도 우리 알몸에는 전혀 관심도 없을 테니까."

"진짜?"

"응, 정령들은 그렇더라고."

"그거 듣던 중 반가운 소리네. 데스, 데스는 어때요? 목욕 자주 해요?"

에이단의 갑작스러운 질문에 데스가 잠시 인상을 찡그리 더니 불퉁하게 말했다.

"왜? 아예 똥은 싸냐고 물어보지?"

"아, 맞아요! 똥도 싸나요?"

"에이단!"

녀석의 엉뚱한 질문에 바율은 기가 찼다. 데스와 그의 형제들도 같은 마음이었는지 동시에 에이단을 향해 물을 튀겼다.

"우 씨, 한꺼번에 덤빈다 그거죠! 바율, 로건, 라이!"

녀석이 친구들에게 도움을 요청했지만, 아무도 나서질 않았다. 그에 에이단이 배신감에 찬 표정을 짓자, 맥이 조용히 녀석의 편에 섰다.

"오, 역시 맥 보좌관님은 사람을 볼 줄 아신다니까!"

그러나 인간 둘이서 마족 넷을 이기기란 애초에 불가능했다.

"항복! 항복할게요!"

눈과 코, 입으로 온천수가 얼마나 들어갔는지 모르겠다. 에이단이 손을 들며 항복했음에도 불구하고 마족들의 공격은 한동안 계속되었다. 녀석의 질문이 꽤 불쾌했던 모양이었다.

에이단 덕분에 목욕을 했는지, 물놀이를 했는지 분간이 안 가는 시간을 보내고 공중탕을 나왔다. 밖에는 일행을 위해 새 옷이 마련되어 있었는데, 가국의 복식이었다.

"불편하면 말해. 더운 날씨에 아무래도 이쪽 옷이 조금이라도 더 시원할 것 같아서 마련한 거니까."

"우리 옷은 세탁 중인가 보지?"

"응, 마르면 숙소로 가져다 놓을 거야. 그리고 잠시 후엔 너희들의 방문을 축하하는 환영 파티가 작게 열릴 예정이야. 그 자리엔 국왕 전하와 사다함 태자 전하 등 많은 왕실의 어른들이 참석하실 거고."

"그러니 예의를 잘 지켜라, 그 말이 하고 싶은 거지?"

눈치 빠른 에이단의 말에 록하가 그렇다는 듯 고개를 끄덕였다.

"아카데미를 대표하는 사절단으로 베르가라를 방문했던 너희들이니까 실수할 일은 없을 거라고 생각해. 단지 우리나라가 제국보다는 예의와 격식을 좀 엄격하게 따지는 편이라서 말해 주고 싶었어."

"그 예의와 격식이 정작 태자란 사람에겐 조금 부족한 것 같던데……."

"응? 그게 무슨 소리야?"

"아니야, 록하. 알아들었어."

일라이의 중얼거림에 바율이 재빠르게 끼어들며 록하의 관심을 돌렸다.

"그 밖에 우리가 특별히 주의할 점이 있으면 언제라도 가감 없이 말해 줘. 부탁할게."

"도움이 될 수 있다면야 당연히 그래야지."

록하는 마지막으로 일행이 머물 숙소로 그들을 안내했다.

그렇게 한 시간 정도를 쉬고 나자 궁인 하나가 연회장으로 인도하겠다며 그들을 찾아왔다.

드디어 가국 왕과의 만남이었다.

바율은 어느 때보다 긴장됐지만, 애써 담담한 척 어깨를 펴고 홀에 들어섰다.

2.

환영 파티가 작게 열릴 거라고 하더니, 작다는 건 단순히 형식상의 말이었던 모양이었다. 넓디넓은 홀에 가국의 왕족들은 물론이요, 많은 귀족들까지 일행을 기다리고 있었다.

그들의 시선은 바율이 홀에 들어선 순간부터 고정이라도 된 듯 그에게서 떨어지지 않았다.

바율의 명성이 이미 대륙의 곳곳으로 퍼진 상태였다.

그래서일까.

호기심과 기대로 전부 눈빛들이 반짝였지만, 누구도 감히 선뜻 다가오지 못했다.

"쳐다만 보고 말을 붙이질 않으니까 되게 불편하네."

"사다함 대자는 아직 안 온 건가?"

"록하는 어디 있지?"

그나마 아는 얼굴이라곤 그 둘이 전부였다. 하지만 아무리 주변을 둘러봐도 보이지 않았다.

"바율 공자님."

그때 마침 구원자가 나타났으니, 휘월 공주였다. 그녀가 바율에게 먼저 예를 취한 뒤 일행에게 자신을 소개했다.

"처음 뵙겠습니다. 휘월이라고 합니다."

"아! 바율이 남편감으로 거론되었다는……."

"에이단!"

조금 늦은 감이 있었으나 로건이 서둘러 에이단의 입을 틀어막았다. 그제야 본인도 실수를 인지한 듯 녀석이 급히 눈을 내리깔았다.

"오라버니께 말씀 들었어요. 귀하신 분을 모셔 놓고 큰 무례를 저질렀더군요. 바율 공자님과 일행분들께 참으로 죄송합니다."

휘월 공주가 두 손을 공손히 앞으로 모은 채 머리를 숙여 진심으로 사과했다. 갑작스러운 그녀의 행동에 놀란 가국 사람들이 저들끼리 숙덕거렸다.

"그 얘기라면 사다함 태자 전하와 이미 마무리를 지었습니다. 휘월 공주님까지 사과하실 필요는 없습니다."

"아닙니다. 아무리 모르는 일이었다고 해도 저로 인해 벌어진 일이니 저 역시 용서를 구하는 것이 마땅하다고 생각해요."

짧은 만남이었지만, 휘월 공주는 제국에서 보았던 모습

그대로였다. 나이에 비해 성숙한 그녀의 태도는 바율과 일행들에게 꽤 인상적이었다.

"오라버니는 태자로서도 해서는 안 될 실수를 하였습니다. 그로 인해 아바마마께 문책을 당하고 있어요."

"지금 말입니까?"

"네, 그래서 조금 늦어지는 것이니 양해 부탁드릴게요. 그리고 차후로는 절대 저와 관련해서 바율 공자님을 곤란하게 하는 일은 없을 겁니다. 하니 부디 이전의 일은 너그러운 마음으로 이해해 주시길 바랍니다."

휘월 공주는 진심이었다. 그래서 바율도 그녀의 사과를 선뜻 받아들일 수 있었다.

"알겠습니다."

"감사해요. 괜찮으시다면 이제 제게 친구분들을 소개해 주시겠어요?"

보자마자 사과부터 하느라 인사도 제대로 나누지 못했다. 바율은 그녀에게 뒤늦은 예를 올리고 나서 친구들과 맥보좌관, 이언과 만월 기사단을 차례대로 소개했다.

신분상 함께 하지 못한 데스 형제와 리타는 궁인 한 명과 함께 궁전의 여기저기를 탐방하는 중이었다.

"조금 전에는 죄송했습니다. 제가 가끔 말이 뇌를 거치지 않고 튀어나오는 바람에······."

"아닙니다, 에이단 공자님. 오히려 덕분에 제가 바로 사과할 수 있었는걸요. 마음 쓰지 마세요."

"와, 조금 전부터 생각한 건데 제국 말을 진짜 잘하시네요. 부러워요! 저는 가국어가 정말 어렵거든요."

며칠 전부터 제국어를 쓰는 가국 사람만 만나면 감탄을 금치 못하는 에이단이었다. 정작 본인은 4개 국어를 유창하게 하면서 말이다.

일라이가 정신 차리라는 듯 에이단의 어깨를 툭 치자 휘월 공주가 웃음을 지으며 말했다.

"저도 제국어를 사용하는 게 그리 편하지만은 않답니다. 가국어와는 어순이나 발음 같은 게 달라서 말이죠. 많이 힘드시면 통역관을 한 명 붙여 드릴까요?"

"아니요, 괜찮습니다. 저 빼고 다들 가국어를 잘해서요."

사실 그 점이 에이단의 자존심을 가장 건드렸다. 다른 나라의 언어는 다 자신 있는데, 왜 가국어만 이리도 머릿속에 들어오질 않는지 본인이 생각해도 기가 차는 일이었다.

"참, 바율 공자님. 늦었지만 백작님이 되신 거 축하드려요. 가국의 청을 거절하지 않고 와 주신 것도 감사드립니다."

"감사 인사는 문제를 해결한 뒤에 받겠습니다. 일이 잘 풀리면 다행이지만, 저도 아직 정령사로서 완벽하지는 않아서 말입니다."

"그 정령사란 것도 마법사처럼 수련이 필요한가요?"

"음, 그렇다고 봐야 할 겁니다."

가국에서의 용무가 끝나면 중급이 된 정령들을 상급으로 올릴 방법을 찾아내야 했다. 그리고 바율 자신 역시 몸속에 내재되어 있는 전대 정령왕들의 기운을 어디까지 꺼내 쓸 수 있는지 여러 실험을 해 볼 생각이었다. 그 모든 과정이 수련이라면 수련일 것이다.

"수년간 가뭄이 지속되던 제국의 황도에 비를 내리셨다니, 정말로 대단하십니다. 제가 그곳에 있었다면 직접 볼 수 있었을 텐데. 소식을 들었을 때 기쁘면서도 한편으로는 너무나 아쉬웠어요."

"가국도 가뭄으로 고초를 겪는 중이라고 들었습니다."

"네, 비가 내리지 않는 것도 여러 난제 중의 하나이지요."

기실 가국의 재해는 그것 말고도 수두룩했다. 무엇부터 손을 봐야 할지 판단할 수 없을 만큼 심각한 상태였다. 그렇기에 그런 조건까지 내걸고 바율을 부른 것이다.

"모쪼록 바율 공자님께서, 아니, 이제는 백작님이라고 불러야 하겠군요. 란데르트 백작님께서 잘 해결해 주셨으면 합니다."

휘월 공주가 고개를 저으며 바율의 호칭을 정정하는 그때, 홀에 울려 퍼지던 연주 음악이 달라졌다. 그와 동시에 삼삼오오 모여 있던 이들이 일제히 허리를 굽히며 양쪽으로 갈라졌다.

가국의 왕, 무무왕의 등장이었다.

그가 사다함 태자와 네 아들, 왕후, 그리고 후궁들과 함께 보무도 당당하게 걸어 들어왔다.

그는 망설이지 않고 곧장 바율에게로 향했다. 턱에 난 수염 탓인지 무무왕은 바율이 생각했던 것보다 연륜이 있어 보였다.

"그대가 란데르트 백작이군."

예를 취하려는 바율에게 무무왕이 다짜고짜 손을 내밀었다.

"이렇게 먼 곳까지 와 주어서 고맙네. 태자가 큰 실수를 했다지?"

"아, 그거라면……."

"내가 흠씬 두들겨 팼으니까 마음 푸시게나. 있는 동안 섭섭하지 않게 최선을 다해 대접하겠네."

바율이 무무왕의 뒤를 슬쩍 살피니 어쩐지 기가 팍 죽어 있는 사다함 태자가 눈에 들어왔다. 언뜻 보기엔 멀쩡한 듯했으나, 겸연쩍게 웃는 모습이 못 본 사이에 뭔 일이 있기는 있었던 듯했다.

사실 그가 가족들에게 바율과의 일을 굳이 말할 필요는 없었다. 사다함이 어째서 이실직고를 한 지는 모르겠지만, 덕분에 바율은 연이은 사과를 듣고 있었다.

"이언 경은 오랜만이군."

무무왕은 바율의 손을 잡고 한참 흔든 뒤에야 놓아주었다. 그런 그가 이번에는 이언을 발견하고 아는 척했다.

"그간 안녕하셨습니까."

몇 년 전 란데르트 공작을 수행하던 시절, 이언은 가국이 아닌 다른 곳에서 무무왕을 만난 적이 있었다. 그러나 그가 자신을 기억하고 있을 줄은 몰랐다.

"란데르트 공작이 아들에게 최고의 기사를 붙여 주었군. 여기서 보니 더 반갑네그려."

"과찬이십니다."

"중한 손님을 위해 조촐하게나마 환영식을 마련했다네. 마음에 들었으면 좋겠군."

무무왕이 돌아보자 홀의 음악이 다시금 바뀌었다. 들떠 숨 가장 흥겨운 가락이 일행의 귓가를 파고들었다.

"머무는 동안 뭐든 불편한 점이 있다면 주저 말고 말씀하시게. 내 최대한 편의를 봐줄 터이니."

"말씀만이라도 감사합니다."

"여러 국가에서 청이 들어왔을 텐데, 우리에게 먼저 와 준 것도 고맙게 생각하네."

"저는 그저 폐하의 명을 따랐을 뿐입니다."

"그야 그렇겠지만, 어찌 되었든 지금 여기 있는 이는 란데르트 백작 그대가 아닌가?"

바율을 반갑게만 바라보던 무무왕의 안색이 돌연 흐려졌다.

"마음 같아선 당장 재해를 처리해 달라 하고 싶지만, 오느라 고생이 많았을 테니 며칠 정도는 푹 쉬는 것이 좋겠지. 아무쪼록 편히 머물고 꼭 해결만 해 주시게나."

무무왕은 간곡하게 바율에게 부탁했다. 하지만 돌아오는 대답은 예상 밖이었다.

"아닙니다. 휴식은 오늘만으로 충분합니다."

"그게 무슨……?"

"내일 날이 밝는 대로 움직일 터이니, 가국에서도 준비해 주셨으면 합니다."

"정말 그리해도 괜찮겠는가?"

무무왕의 입장에서야 그래 주기만 한다면 더할 나위 없이 좋았다. 하루라도 빨리 국가의 재난을 처리하는 것이야말로 그의 가장 큰 소원이자 바람이다.

"물론입니다. 여기 계신 맥 보좌관님에게 상황을 미리

잘 설명해 주시면 큰 도움이 될 듯합니다."

바율이 맥을 가리키자 그가 무무왕에게 고개를 숙이며 예를 올렸다.

"정말 고맙네! 이런 훌륭한 인재가 제국에서 났다니 참으로 아깝구나, 아까워!"

"…예?"

"그대가 우리 가국에서 났다면……."

"아바마마!"

"오, 그래. 휘월! 여기 있었구나?"

바율이 얼마나 반가웠으면 그리 어여뻐하는 막내딸이 곁에 있다는 사실도 지금에야 알았다. 무무왕이 반달 모양의 눈웃음을 지으며 휘월을 사랑스럽다는 듯 쳐다보았다.

"란데르트 백작님과 일행께서 많이 시장하실 겁니다. 긴 대화는 나중에 나누시는 게 어떻겠어요?"

"아, 그렇겠구나! 내가 미처 그 생각을 못 했다!"

"제가 안내할 테니 아바마마께선 오라버니들과 함께 자리에 가서서 쉬세요."

"그래, 알았다."

휘월 공주의 말투는 모난 데 없이 무척 부드러웠다.

하지만 바율의 착각일까.

어쩐지 아버지와 오빠들을 대하는 어조가 상당히 명령조

처럼 들렸다.

중간에 끼어들어 말을 끊는 거 하며 난 이렇게 할 테니 저렇게 하세요, 하는 말투까지. 마치 미래에 일어날 무언가를 사전에 차단하는 느낌이었다.

그건 파티가 지속되는 동안에도 내내 그러했다. 무무왕과 왕자들이 바율에게 가까이 다가올 때마다 그녀가 곁에 바짝 붙어서는 경계 아닌 경계 태세를 취했다.

덕분에 바율은 좀 편하기는 했지만, 괜스레 휘월 공주를 피곤하게 만든 듯해 마음이 쓰였다.

물론 그렇다고 미안하다는 건 아니었다. 어디까지나 그건 그들 가족의 문제였고, 자신은 할 일을 하고 돌아가면 그뿐이었다.

Chapter 4.
바람의 유실

1.

다음날, 날이 밝자마자 바율은 사다함 태자와 함께 왕궁을 나와 첫 번째 문제의 장소로 이동했다.

그가 일행을 데려간 곳은 '장미 사막' 이란 장소였다.

"이름이 특이하군요. 사막 앞에 장미가 붙은 특별한 이유가 있습니까?"

바율의 물음에 사다함이 씁쓸한 표정으로 설명했다.

"여기가 십여 년 전까지만 해도 꽃들의 정원이라는 이름으로 불리던 곳이라고 하면 믿겠어?"

"꽃들의 정원이요?"

"그래, 그중에서도 특히 붉은 장미가 이 일대에 만발하

곤 했지. 하지만 지금은 보시다시피 이런 상태가 되었고,
수십 개의 마을이 흔적도 없이 사라져 버렸어. 우린 아직도
그 이유조차 모르고."

"바율, 왕궁에서 그리 멀리 온 것 같지도 않은데 여긴 유
난히 더 뜨거운 거 같지 않아?"

인어족인 퀸은 기온에 예민한 체질이었다. 그가 인상을
찌푸린 채 손으로 차양을 만들어 해를 가렸다.

"갑자기 엄청 더워지긴 한 것 같아. 숨이 턱 막힌다."

"비가 얼마나 안 내린 거죠?"

"한 십 년은 넘은 것 같군."

사다함이 기억을 더듬으며 대답했다.

'십 년이라.'

꽤 오랜 시간이기는 하다. 하지만 비가 내리지 않았다는
이유만으로 그 기간에 이토록 심하게 사막화가 되었다는
건 무리가 있었다. 이곳과 얼마 떨어지지 않은 왕궁의 상태
를 보아도 그러했다.

"여긴 원래가 이렇게 더운 지역인가요?"

"그렇진 않아. 처음부터 그랬다면 꽃들의 정원으로 불릴
수도 없었겠지. 하나 이젠 이게 이곳의 일반적인 날씨가 되
어 버렸어. 심지어 저 능선을 넘어가면 여기와 반대로 냉기
로 가득한 지역이 나와. 참으로 기가 찰 노릇이지."

그리 멀지 않은 거리 내에서 급격한 기온의 차이를 보인다는 뜻이었다.

대체 무슨 이유일까?

제국에서는 경험해 보지 못한 일이었다.

"…어? 근데 말이야."

그때 바율은 문득 이상한 점을 발견했다.

"지금, 다들 느껴져?"

"느껴지다니? 뭐가?"

바율이 앞으로 손을 뻗었다. 천천히 몸을 움직여 가며 주위를 둘러보았다.

"없어."

"……?"

"불지 않는다고."

"그러니까 대체 뭐가 말이야?"

"바람. 여긴 바람이 불지 않아."

"엥, 진짜?"

바율의 말에 그제야 친구들이 녀석을 따라 손을 들고 이리저리 움직여 보았다.

"정말이네."

"그러게, 아무것도 안 느껴져!"

사다함과 그의 일행들도 마찬가지였다. 아무리 손을 휘

젓고 뛰어 봐도 바람 한 점 느낄 수가 없었다.

"본디 바람은 우리가 느낄 수 없을 정도로 고요한 날에
도 항상 있어. 감각에 잡히지는 않아도 우리 주변에 늘 존
재하는 게 바람이야."

"근데 그게 전혀 없다는 거잖아, 그치?"

"템페스타!"

바율이 에이단의 물음에 답은 않고 대뜸 템페스타를 불
러냈다.

쑤아앙!

곧바로 사막에 모래바람을 일으키며 템페스타가 나타났
다.

"바율, 불렀어?"

기분 좋게 입을 연 템페스타는 이내 인상을 찌푸리며 근
처를 휘둘러보았다.

"여기 뭐지? 왜 이렇게 갑갑해?"

템페스타는 바람의 정령이었다. 바람 그 자체인 녀석에
게, 바람이 일절 불지 않는 지금과 같은 곳은 답답한 것이
당연했다.

혹시나 자신의 착각은 아닐까 해서 녀석을 호출했는데,
반응을 보아하니 굳이 물어볼 필요도 없게 되었다.

템페스타가 표정을 굳힌 채 로브 자락을 휘날리며 확인

이라도 하듯 장미 사막을 날아다녔다.

"태자 전하."

"그래, 바율. 뭐든 말해라!"

사다함은 정령이란 것을 방금 처음 목격했다. 그의 시선이 멀리서 새처럼 날고 있는 템페스타에게서 떨어지질 않았다.

"이곳이 사막으로 변한 까닭은 아무래도 바람의 유실 때문인 듯합니다."

"⋯바람의 유실?"

"네."

"고작 그 이유만으로 이렇게까지 변화한다는 게 진정 가능한 건가?"

자연을 제 뜻대로 다룬다는 정령사인 바율이 하는 말이었지만, 사다함은 쉽사리 이해가 가질 않았다.

"바람이 하는 일은 아주 다양합니다. 꽃가루를 날려 씨앗과 열매를 맺게 하고, 그 씨를 널리 퍼뜨려 식물을 번성케 합니다. 그러는 동안 식물이 원활하게 호흡할 수 있도록 도움을 수기도 하지요."

"그럼 꽃들의 정원이 사라진 게⋯⋯?"

"맞아, 라이. 아마도 정원은 차츰차츰 죽어 갔을 거야. 하지만 여기가 이렇게 된 가장 결정적인 이유는 그게 아니

야. 바람이 하는 일 중에서 제일 중요한 건 대기의 순환이 거든."

"대기의 순환?"

바율은 잠시 숨을 골랐다가 마저 설명했다.

"쉽게 말해서 공기를 이동시켜 열을 흩뜨리는 건데, 그게 제대로 안 된 거지. 열을 분산시키지 않으면 지역에 따라 심각한 에너지의 불균형이 찾아올 거고, 그 현상은 여러 가지로 나타날 수 있어. 예를 들면 이곳처럼 고온 상태가 오랫동안 지속되면서 땅이 사막화가 된다거나, 저 능선 너머처럼 냉기로 가득한 구역이 된다거나, 그렇게 말이야."

근거리 내에서 현격한 기온 차이가 생긴 것은 그런 이유일 수밖에 없었다.

"이상 기후는 결국 생태계도 파괴해. 내 짐작이지만, 아마도 가국에서 일어나는 자연재해의 대부분은 바람이 불지 않아서가 아닐까 싶어."

"헐! 바람이 하는 일이 그렇게나 많았어?"

에이단은 미처 몰랐다.

"난 연을 날릴 때나 빨래 말릴 때, 여름에 더위를 가시게 해 주는, 뭐 그 정도로만 생각하고 있었는데. 생각보다 우리 생활에 끼치는 영향력이 장난 아니네?"

"좀 전에 말했지? 바람은 항상 우리 곁을 맴돌고 있다고."

휘이잉!

바율의 말에 화답이라도 하고 싶었는지 사막을 돌아보던 템페스타가 돌연 그들 곁으로 날아왔다.

"템페스타! 너 의외로 엄청난 녀석이었구나? 그간 몰라 봐서 정말 미안하다! 바람이 그렇게나 중요한 존재였다니, 나 지금 완전 닭살 돋았어!"

"흥! 나 대단한 거 이제 알았어?"

겉으로는 콧소리를 내고 있었지만, 자신을 인정해 주는 듯한 에이단의 발언에 템페스타의 어깨가 한껏 치솟았다. 안 그래도 중급 정령이 된 후로 칭찬에 메말라 있는 녀석이 었기에, 기분이 상당히 좋아진 게 눈에 보였다.

"바람 하나 때문에 이 같은 일들이 벌어졌다니, 믿기지 가 않는군."

사다함으로선 전혀 짐작하지 못한 이유였다.

"근데 바율, 너 엄청 똑똑하다! 어떻게 그렇게 잘 알아?"

"…어?"

"우리 그런 거 수업 시간에 배운 적 없잖아. 안 그러냐, 애들아?"

"그러네……. 내가 대체 이걸 어떻게 아는 거지?"

"…뭐?"

의아해하는 바율을 모두가 황당하다는 듯 바라보았다. 지금까지 실컷 설명해 놓고, 기껏 한다는 말에 어이가 다 없었다.

'설마 전대 정령왕의 기운 때문에 이런 것까지 알 수 있는 건가?'

바율이 당장 떠올릴 수 있는 가정은 그것뿐이었다.

"바율."

혼란스러워하는 바율에게 사다함이 물었다.

"그럼 이제 어찌해야 하는 거지? 오늘부터 네가 당장 바람을 불게 하면, 장미 사막이 원래 불리던 이름에 걸맞게 돌아갈 수 있는 건가?"

"그건 아닙니다, 태자 전하."

바람의 유실로 시작된 일이기는 하지만, 바람이 다시 부는 것만으로 지금 상황이 다 해결될 수는 없었다. 당장의 환경 변화를 멈출 수는 있어도, 빠른 복구를 위해서는 다른 방법을 동원해야만 했다.

"지금은 일단 저 능선 너머를 확인하고 싶은데, 가능하시겠습니까?"

"물론이지!"

사다함 태자가 고개를 끄덕이자 무사 한 명이 말을 박차고 앞서 달려 나갔다.

"으럇!"

일행은 그 사내를 따라 누가 먼저랄 것 없이 힘껏 내달렸다.

두 번째 문제의 장소에 도착한 건 그리 오랜 시간이 지나지 않아서였다. 말을 타고 모래 위를 이동하는지라 생각보다 더디긴 했으나, 고작 능선 하나일 뿐이었다.

"으으, 추워!"

"여긴 진짜로 아주 딴판이네!"

좀 전까지 살갗이 델 정도로 뜨거운 날씨였건만, 이제는 추위 때문에 하얀 입김이 새어 나왔다.

곳곳에 빈집들이 눈에 띄었다. 갑작스럽게 찾아온 한기로 인해 이곳 또한 사람들이 살지 않는 유령 마을이 된 것이다.

"역시 바람이 불지 않아."

템페스타에게 묻지 않아도 알 수 있었다.

바람이 없다는 게 이상해서였을까? 바율의 표정이 자못 심각하게 변해 있었다.

"바율. 너의 말대로라면, 여기가 이렇게 된 건 열기가 정상적으로 전해지지 못하였기 때문이겠군."

"그렇습니다, 태자 전하."

"하면 장미 사막과 이곳의 대기를 섞으면 되는…… 에취!"

목구멍으로 냉기가 들어갔는지, 사다함 태자가 말을 하다 말고 기침을 터뜨렸다. 그러자 마치 짜기라도 한 듯 콜록거리는 소리가 여기저기서 연이어 들려왔다.

"잠시 쉬어 가는 게 좋겠습니다."

말에서 내린 바율은 일단 주변에 널려 있는 나무 조각을 한자리로 모았다. 생김새는 나무가 분명해 보였지만, 전부 얼음처럼 꽁꽁 얼어 있었다.

촤아악!

그러나 그것들도 정령의 불 앞에서는 버텨 낼 수 없었다. 바율은 같은 작업을 두 번 더 반복해서 모닥불을 세 개 피웠다.

"으아, 따뜻하다!"

"손발이 다 얼어 버리는 줄 알았습니다."

불이 피어오르자 주변 공기가 데워지며 어느 정도 한기가 사라졌다. 일행들은 알아서 불 주위로 모여들었다.

"정령사라는 건 참으로 대단하면서도, 무척이나 편리하군! 이런 환경에서도 이렇게 뚝딱 불을 피울 수 있다니, 감격스러울 정도야."

소문과 실제로 경험하는 것 간에는 굉장한 차이가 존재했다. 아직 바율이 가국의 재해를 해결한 게 아님에도 사다함은 이미 가슴이 뛰고 있었다.

이런 어마어마한 상대에게 자신이 무슨 짓을 저질렀던 건지, 새삼 땅이라도 파고 들어가 숨고 싶은 그였다.

"자연을 제어한다는 게 어떤 느낌일지 나는 상상도 안 되네. 분명 엄청 살맛 나겠지?"

"그렇게 마냥 기쁘지만은 않습니다."

"……?"

"책임감이 많이 따르는 일이니까요."

"아."

신비로움에 취해 거기까지는 미처 생각하지 못했다.

"먼 옛날, 정령을 가리켜 자연계의 조율자라 불렀다고 하더군요. 저와 같은 정령사는 그런 정령과 함께 세상을 이롭게 할 의무가 있었다고 합니다."

"세상을 이롭게 할 의무라…… 그런 거라면 이미 실천하고 있는 셈이로군."

가만히 말을 곱씹던 사다함은 대단하다는 눈길로 바율을 응시했다.

지금만 하더라도 자국을 돕기 위해 이곳에 와 있다. 그런 바율의 나이는 불과 십칠 세였다.

"나만큼이나, 아니 나보다 더 어깨가 무겁겠어."

"그저 할 수 있는 정도만 할 생각입니다."

대기가 그새 다시 식어 갔다. 바율은 불의 세기를 한 단계 더 올린 후 사다함에게 청했다.

"태자 전하, 가국의 지도가 필요합니다."

"지도?"

"네."

기실 나라의 지도를 보여 달라고 하는 건 큰 실례였다. 지도 제작이 어려워 도구의 희소성이 있기 때문이기도 하지만, 무엇보다 나라 간에 전쟁이 터질 시 악용될 소지가 있기 때문이었다.

"…이유가 뭐지?"

"바람이 유실된 곳을 찾기 위해서입니다. 모든 장소를 일일이 찾아가는 것은 시간 낭비일뿐더러, 굳이 그래야 할 까닭도 없습니다. 제게는 누구보다 빠른 바람의 정령이 있으니까요."

"아, 아까 그 날아다니던 소년이 바람의 정령인가?"

그러고 보니 아직 사다함에게 정령들을 정식으로 소개하지 못했다.

"템페스타!"

바율이 부르자 높이 올라 팔짱을 낀 채 탐탁지 않은 눈빛으로 아래를 내려다보고 있던 템페스타가 휙 날아왔다.

"이 녀석이 바람의 정령, 템페스타입니다. 인사해, 템페스타."

가까이에서 보니 평범한 인간과는 그 느낌이 매우 달랐다. 하늘거리는 실크 잠옷과 은은하게 빛나는 머리칼과 눈동자가 매우 신기한 한편, 아름답기도 했다. 무슨 까닭인지는 모르겠으나 그런 녀석의 기분은 꽤 저조해 보였다.

"바율! 나 그냥 정령 아니고 중급 정령이거든? 앞으로는 똑바로 소개해 줘."

중급 정령으로 올라선 것에 자부심이 극에 달해 있는 템페스타였다. 녀석이 턱을 치켜들며 사다함에게 인사했다.

"안녕? 난 곧 정령왕이 될 템페스타야."

"…정령왕?"

"정령왕이 뭔지도 모르나 보지?"

"태자 전하, 궁금하신 점은 제가 나중에 설명하겠습니다. 가국의 지도를 이 녀석에게 보여 주실 수 있겠습니까?"

템페스타가 또 다른 헛소리(?)를 하기 전에 바율이 얼른 끼어들었다. 사다함은 아주 잠시 망설였지만, 이내 허락했다. 그가 눈짓을 보내자 수하가 지도를 가져와 펼쳤다.

"템페스타, 네가 해 줄 일이 있어."

"뭔데?"

"이 지도 보이지? 외울 수 있겠어?"

"응, 대략은."

템페스타가 한 번 힐긋 보더니 고개를 끄덕였다.

"템페스타도 느꼈지? 이곳엔 바람이 불지 않는다는 거."

"어, 그래서 지금 엄청 기분 나빠! 공기도 너무 탁해."

"내 생각에 이런 곳이 여러 군데가 있을 것 같아. 템페스타가 그걸 좀 찾아봐 주겠어?"

"지금?"

"응, 가능한 한 빠를수록 좋아."

"알겠어. 후딱 다녀올게!"

중급 정령이 된 이후로 뭐라도 하고 싶어 안달이 나 있던 녀석이었다. 템페스타는 오랜만에 들은 바율의 부탁에 금세 방글거리며 하늘로 솟구쳤다.

쑤아아앙!

덕분에 한순간 지면에 돌풍이 일며 일행의 옷자락과 머리칼이 심하게 휘날렸다. 바율이 피운 모닥불 역시 그 바람을 이겨 내지 못하고 꺼지고 말았다.

화악!

하지만 언제 그랬냐는 듯, 바로 불씨가 되살아나며 다시금 불길이 타올랐다. 마치 그 정도로 되겠냐는 양.

2.

가국은 제국에 비하면 아주 작은 나라였다. 하지만 대대로 군왕이 어질고, 가진 자원이 풍부한 덕분에 오랜 세월 제국과 형제의 나라로 불리며 함께 공생해 왔다.

그런 가국이 자연재해로 몸살을 앓고 있었다. 대륙 전체에 일어나고 있는 현상이었지만, 땅덩이가 작아서일까. 그 피해가 유독 크게 느껴졌다.

그러길 수십 년, 마침내 그 재해의 원인을 찾아내었다.

바람의 유실.

바율의 예상대로 템페스타가 알아 온 장소는 무려 스무 군데가 넘었다. 한 나라에서, 이토록 많은 곳에 여러 해 동안이나 바람이 불지 않은 것이다.

곳곳에서 사막화가 진행돼 농작물의 재배가 불가능해졌다.

뿐인가. 사람이 살아갈 수 없는 환경으로 인해 유령 마을로 변한 곳은 셀 수도 없을 정도였다.

가국이 5년이나 관세를 면제하겠다는 엄청난 조건을 내건 이유를, 바율은 비로소 이해할 수 있었다.

"제가 이 모든 곳의 문제를 다 해결할 수는 없습니다."

템페스타가 돌아오고 난 다음 날, 바로 회의가 시작되었다. 가국의 왕궁, 그중에서도 태자가 머무는 궁궐에 많은 이들이 머리를 맞대고 모여 있었다.

심각한 표정으로 지도를 내려다보던 바율이 꺼낸 첫마디에 사다함의 얼굴이 굳어졌다.

"바율! 우리가 의지할 수 있는 건 너뿐이야. 나로 인해 아직 마음이 상해 있다면 다시 한번 사과하겠어. 그러니……."

"태자 전하, 그 일은 잊겠다고 분명히 말씀드렸습니다. 예의상 맘에 없는 말을 한 게 아니었습니다."

"그런데 어찌 해결할 수 없다고 말하는 거지?"

"제 말을 오해하셨군요. 저는 전부를 해결할 수 없다는 것이지, 아무것도 하지 않겠다는 게 아닙니다. 맥 보좌관님."

바율은 남은 해명을 맥 보좌관에게 떠밀었다. 어젯밤 어떻게 일 처리를 해야 할지 그와 충분히 상의하였고, 말주변은 자신보다 그가 훨씬 나았기 때문이다.

"사다함 태자 전하, 란데르트 백작님께서 이 모든 델 다 손보시려면 족히 수년은 걸릴 겁니다. 그러나 아시다시피 백작님께선 아직 학생 신분이시고, 여름 방학을 이용해서 잠시 들르셨습니다. 게다가 백작님의 손길이 필요한 곳이 많은 것도 사실이고요. 그런 백작님께서 몇 년이라는 긴 시간을 가국에서만 보낼 수는 없지 않겠습니까?"

"그건 나 또한 알고 있다. 하지만…… 이 문제를 해결하지 않으면, 우리 국민은 대체 어찌 살란 말인가……."

"예, 나라를 걱정하시는 태자 전하의 마음은 충분히 이해합니다. 해서 란데르트 백작님께선 가장 시급한 곳부터 방문하여 일을 처리하고자 하십니다. 그런 다음, 자연적으로 치유가 될 수 있도록 전체적으로 손을 보실 예정입니다."

"자연적 치유?"

사다함은 물론, 그의 신하들도 화들짝 놀라며 바투 다가섰다. 정령사인 바율의 힘 말고도 지금 이 사태를 해결할 방법이 있다는 건, 지푸라기라도 잡아야 하는 그들에겐 동아줄이나 진배없었다.

바율이 마저 설명했다.

"바람의 흐름을 잡아 놓고 갈 생각입니다."

"…바람의 흐름이라는 게 뭐지?"

"지난 세월, 때가 되면 가국에 늘 불던 바람의 길이라고 해야 할까요?"

"그러니까…… 계절풍 같은 것을 의미하는 건가? 항상 불어오던 대로, 계속 그렇게 바람이 불게 할 거라는 뜻이야?"

"맞습니다. 바람이 멈추지 않고 계속 불 수 있도록, 막힌 공간을 뚫고 흐름을 원활하게 하겠다는 겁니다."

"그게 가능하다고?"

"해 봐야지요."

바율도 자신할 순 없었다. 한 번도 해 본 적 없는 일이었기 때문이다.

하지만 해야만 했다. 이대로 둔다면, 가국은 어쩌면 영영 사라지게 될지도 모른다. 또한 이런 위기에 처한 곳이 대륙의 도처에 즐비할 터였다.

앞으로 바율은 정령들과 함께 그것을 차례대로 해결해 나가야만 했다.

"원인을 찾아냈으니, 가장 큰 문제점을 해결하고 나머지를 본래대로 돌려놓으면 자연은 알아서 복구될 겁니다. 물론 시간은 아주 오래 걸리겠지요. 하지만 그 시간이 얼마나 더 늘고 줄지는, 태자 전하께서 어떻게 대처하시느냐에 따라 달라질 수도 있습니다."

"······?"

"설마 온전히 저에게만 맡기실 생각이셨습니까?"

"그건······."

사다함은 답하기가 어려웠다. 반은 맞고 반은 틀렸기 때문이다.

바율이 제 나라 수도에 비를 내리게 했다는 말을 듣고, 무조건 그를 데려와야 한다고 아버지께 말씀드린 이는 다름 아닌 자신이었다. 바율만이 무너져 가는 가국을 다시 살려 낼 수 있다고 생각했기 때문이다.

하지만 그렇다고 전적으로 그에게 의지하려고만 한 것은 아니다. 자신도 최선을 다해 옆에서 바율을 도우려고 하였다.

처음에 실수를 하긴 했지만, 가국의 태자로서 국가와 국민을 지키기 위해서라면 사다함은 뭐든 할 각오가 되어 있었다.

"추후 어떻게 조치해야 하는지 제가 알려 드리겠습니다. 태자 전하라면 분명 하실 수 있을 겁니다."

가국의 문제는 바람이 없어서 생기는 현상이었다. 그걸 몰랐기에, 뭐부터 해야 할지 혼란스러웠던 탓이 제일 크다.

하나 이제 자연재해의 원인에 대한 가닥이 잡혔으니, 헤매는 일은 더 이상 생기지 않을 것이다. 중요 문제들은 자신이 해결하고 갈 것이니 노력만 한다면 충분히 회복 가능했다.

"여기."

바율이 지도의 한 부분을 손가락으로 찍었다.

"이곳부터 시작하려고 합니다."

Chapter 5.
제물

1.

이튿날, 바율과 일행은 가국의 재해 복구를 위한 작업에 본격적으로 착수했다.

바율이 가장 먼저 택한 장소는 아직 사람들이 사는 곳이었다.

유령 마을이 된 곳의 재해가 훨씬 심각하긴 하나, 어쨌든 지금 그곳엔 사람이 없었다.

아직 정든 마을을 버리지 못해 힘겹게 살아가는 이들이 있는 곳부터 해결해야 한다고 판단한 것이다.

가국 측도 그런 바율의 의견에 전적으로 동의했고, 준비를 마쳤다.

"특별히 빠른 마차를 구해 왔다. 아마 이틀 정도면 당도할 거야."

각자 말을 타고 가면 그보다 더 빠르겠지만, 그건 상당한 피로를 감수해야만 했다. 국빈인 바율에게 차마 그렇게까지 부탁할 수는 없었다.

"아닙니다, 태자 전하. 시일이 촉박한 만큼 이동하는 시간이라도 아끼는 것이 나을 듯합니다."

"그래 주면 나야 고맙지만, 너무 무리하는 것 아닌가? 승마로 몸을 혹사하면 재해 복구에도 악영향을 미칠 수 있을 듯한데……."

"저는 먼저 가 있겠습니다."

"…먼저?"

"예, 미리 도착해서 지형도 살펴보고 해결 방안을 강구해 놓을 테니 늦지 않게 와 주세요."

"무슨 소리인지, 나는 당최 이해가 안 가는군."

정령사는 공간 이동 능력도 있는 건가?

사다함은 그런 생각밖에는 할 수가 없었다.

"저희는 잉그리드를 타고 가려고 합니다."

"잉그리드?"

싱긋 웃으며 말하는 바율을 사다함이 멍하니 쳐다보며 물었다.

"삐욕!"

그때 에이단이 모자를 벗자, 잉그리드가 특유의 울음소리를 내며 기지개를 켜듯 다리를 쭉 세웠다.

"아니, 저런 곳에 새가……?"

모자 속에 새가 숨겨져 있을 거라고는 아무도 상상하지 못한 듯, 가국 사람들의 눈이 한꺼번에 동그래졌다.

"헤헤, 이 녀석 이름이 잉그리드랍니다."

에이단이 손을 머리로 가져가자 잉그리드가 폴짝 뛰어내렸다.

"삐욕! 삐욕!"

"응, 잉그리드. 네 도움이 좀 필요해서. 도와줄 거지?"

에이단이 손가락으로 녀석의 부리를 쓰다듬으며 묻자, 잉그리드가 마치 당연하다는 듯 울음을 토하며 파드닥 날아올랐다.

"저 조그만 새를 타고 가겠다고 말한 게 맞아? 내가 이해력이 부족한 건가?"

새를 타겠다는 발상도 발상이지만, 애초에 주먹보다 작은 새를 무슨 수로 타겠다는 것인지. 사다함으로서는 황당하기 짝이 없었다.

하늘에서 괴이한 소리가 들린 것은 그때였다.

"쿠우우우!"

자연스레 허공을 향해 고개를 들었던 가국인들은 점점 몸체가 커져 가는 잉그리드의 모습을 똑똑히 목격했다.

"으아악!"

"저게 무슨!"

비명이 나오는 게 당연했다. 작디작은 새의 몸집이 갑자기 집채보다 더 커졌으니, 두려워하지 않으면 되레 그게 더 이상할 것이다.

쐐애애액—

잉그리드가 바람을 가르며 지상을 향해 내려왔다.

쿵!

녀석이 지면에 착지하자 땅이 흔들리며 몇몇이 균형을 잃고 넘어졌다.

차앙!

날개를 접는 소리가 마치 검끼리 부딪치는 것처럼 날카롭게 들려왔다.

"쿠우!"

"그래, 잉그리드. 고마워!"

에이단이 잉그리드의 깃털 속에 얼굴을 묻으며 비벼 댔다. 녀석이 커질 때면 늘 하는 의식과도 같았다.

"쿠우우!"

"잉그리드가 어서 타래요."

에이단의 말이 끝나기가 무섭게 녀석이 몸을 최대한으로 낮추었다.

"노, 놀랍군! 이, 이만하던 새가 저렇게까지 커지다 니……!"

땅에 내려선 잉그리드의 존재감은 그야말로 대단했다. 사다함과 가국인들은 물론, 맥과 만월 기사단, 그리고 리타와 토모까지 입을 벌린 채 말을 잇지 못했다.

오늘 아침, 바율은 행보를 결정하고 난 후 잉그리드에 대한 진실(?)을 일행에게 알렸다. 물론 마계니, 변신수니 하는 말은 감췄고, 특별한 능력이 있다는 것 정도로만 포장을 좀 했다.

녀석에 대해 미리 알고 있었던 친구들과 이언은 담담했지만, 맥과 만월 기사단, 특히 리타의 놀라움은 무척이나 컸다.

평소 귀엽다고 쓰다듬으며 놀았던 새가 난데없이 거대하게 변신을 했으니 충분히 그러고도 남았다.

바율은 내심 리타가 기절하지 않아서 다행이라고 안도하고 있었다.

"태자 전하, 잉그리드가 커지긴 했어도 가국 측 사람들까지 모두 태울 수는 없습니다. 한시가 급하니 저와 일행만이라도 먼저 가 있겠습니다."

바율의 말뜻이 비로소 이해가 되는 순간이었다.

사다함은 커진 잉그리드를 보고 무언가 망설이더니, 이내 결심한 듯 비장하게 입을 열었다.

"한 자리! 한 자리만 어떻게 안 될까?"

"예?"

"나도 동행하게 해 줘!"

"태자 전하! 그건 안 됩니다!"

수하들이 즉시 나서서 말렸지만, 사다함은 단호했다.

"나의 백성이다. 바율 손에만 맡길 수는 없어!"

그는 진심이었다.

바율은 에이단을 돌아보며 눈빛으로 물었다.

'괜찮을까?'

한 자리 정도는 있었지만, 그가 끼게 되면 활동에 조금 지장이 생길지도 몰랐다.

그렇다고 태자로서 나라를 걱정하는 그의 마음을 모른 척하기도 어려웠다.

"잉그리드가 괜찮대."

가국어를 못 알아듣는 에이단이지만, 어떤 상황인지는 대충 짐작이 갔다. 녀석이 고개를 끄덕이며 수긍하자, 사다함이 환하게 웃었다.

"고맙다!"

사다함은 고마운 마음을 표하고자 제국어로 에이단에게 감사 인사를 했다.

"그럼 타십시오."

그렇게 바율 일행에 사다함이 합류하며 총 열여덟 명이나 되는 인원이 잉그리드의 등에 올라탔다.

"자, 갑니다! 꽉 잡으세요!"

만일을 위해 바율은 바람의 기운으로 일행을 감싸 안았다.

타핫!

잉그리드가 힘차게 도약하며 하늘로 솟아올랐다.

2.

"태자 전하, 괜찮으십니까?"

그들은 수천 미터 높이의 상공에서 바람을 가르며 새를 타고 이동 중이었다.

이렇게 많은 사람을 태우는 것은 처음이었지만, 잉그리드는 끄떡없었다. 오히려 몇 번 해 봤다고 그새 적응을 한 건지, 전보다 흔들림도 줄었고 비행 방법이 아주 능란했다.

문제는 사다함 태자였다. 호기롭게 타긴 했으나 생전 처음 겪는 상황에 그는 약간 얼이 나가 있었다.

반면 리타는 잉그리드의 변한 모습에 처음에만 좀 놀랐을 뿐, 지금은 걱정했던 바율이 민망할 정도로 아주 신이 나 있었다. 평소 고소 공포증이 있던 녀석이었으나, 압도적으로 높은 곳까지 올라오니 오히려 그런 것도 사라진 모양이었다.

"하늘을 나는 기분이 이런 거군요! 정말 최고예요!"

두 손을 높이 들고 환호성까지 터뜨리는 리타는 진심으로 이 상황을 즐기고 있었다.

"바율, 인간이 마족이랑 어울리면 겁도 없어지는 거냐?"

리타의 주변에는 그녀가 행여 추락이라도 할까 싶었는지 데스 형제들이 사방에서 철통같은 수비를 하고 있었다. 그 꼴이 못내 짜증스러운 듯 일라이가 바율의 귀에다 대고 속삭였다.

"글쎄. 그건 나도 잘 모르겠네."

리타에 대해서라면 누구보다 잘 아는 바율이었지만, 지금은 뭐라고 답해야 할지 모르겠다. 그저 이렇게 좋아할 줄 알았으면 진작 태워 줄 걸 그랬나 하는 마음만 들 뿐이었다.

"그리고 내가 생각을 해 봤는데 말이야."

"생각?"

"어, 빈자리가 없다는 이유로 저 태자밖에 태우지 못했잖아. 근데 그건 잉그리드가 더 크게 변하면 간단히 해결 가능한 문제 아니냐?"

그건 그랬다.

잉그리드는 몸의 크기를 자유자재로 변화시킬 수 있었고, 그건 오로지 녀석의 의지에 달렸다고 바르가 말했었다.

하지만 잉그리드가 변신할 때마다, 그리고 그 크기가 커질 때마다 에이단의 염려는 깊어졌다. 녀석이 혹시 원래대로 돌아오지 않으면 어쩌나 하고 마음을 졸이는 것이다.

그걸 알면서도 잉그리드에게 더 크게 변신해 달라는 부탁을 할 순 없었다.

"아니야. 지금만으로도 충분히 고마운걸."

에이단은 선두에 앉아 잉그리드의 깃털을 매만지며 녀석을 다독이고 있었다. 그런 에이단의 뒷모습을 바라보며 바율은 고개를 저었다.

"쉿."

그리고 더는 그런 소리 하지 말라는 듯 단호하게 입가로 손을 가져갔다.

다혈질인 녀석이 일라이의 말을 오해하고 성질이라도 부렸다간 난감해질 게 뻔하다. 지금은 재해를 해결하는 것만으로도 머리가 복잡했다.

그렇게 얼마나 날았을까.

"바율, 여기야!"

잉그리드 곁으로 별안간 템페스타가 나타났다.

"태자 전하, 착지하겠습니다."

비행보다 무서운 것이 처음과 마지막, 즉 비상과 착지였다. 바율이 착지라는 단어를 입에 담은 순간 하강이 시작되었다.

"으아아아!"

사다함은 자기도 모르게 눈을 질끈 감으며 비명을 질렀다. 아무리 바율이 바람의 힘으로 보호를 하고 있다지만, 시야의 빠른 변화까지 해결할 수 있는 건 아니었다.

알아서 스스로 견뎌 내는 수밖엔 방법이 없었다.

3.

"태자 전하, 많이 불편하십니까?"

일행은 무사히 땅에 내려섰다. 잉그리드의 등에서 내려오는 사다함의 다리가 후들거리는 게 보였다. 바율은 몰랐지만, 그는 간신히 구역질을 참고 있는 중이었다.

"첫 경험은 언제나 특별한 법이지."

일라이가 그런 사다함의 곁을 지나치며 빈정거리듯 중얼거렸다. 그는 아직 태자가 자신들을 시험했다는 것에 억하심정이 남은 상태였다.

바율이 그러지 말라며 일라이에게 눈치를 줬지만, 이미 녀석은 저만치 걸어가 모른 척 주변을 둘러보고 있었다.

"차가운 물이라도 좀 마시면 나아지실 겁니다."

바율은 능숙하게 물을 만들어 사다함에게 건넸다. 잔에 담기지도 않은 그것을 잠시 신기한 눈으로 쳐다보던 그는 곧 허겁지겁 들이켰다.

"그리고 괜찮으시다면 이곳에선 제국어를 사용할까 합니다. 태자 전하께서도 제국어를 잘하신다고 들었습니다."

"그렇게 해. 난 상관없다."

사다함이 긴 숨을 몰아쉬며 바율의 결정에 동의했다. 여태까지는 가국의 대신 등 함께 소통해야 할 사람들이 많았기에 부러 가국어를 써 왔지만, 지금 이곳에 있는 사람들은 그와 토모를 빼고 모두가 제국민이었다.

솔직히 바율도 지속적으로 외국어를 사용하는 게 조금은 부담스러웠다.

"삐욕!"

사다함이 정신을 차리는 동안 잉그리드는 어느덧 본래의 앙증맞은 모습으로 되돌아왔다. 녀석의 귀여운 울음소리가 다시금 들리자 사다함은 일순 자신이 꿈이라도 꾼 건가 싶었다.

"바율! 근처에서 사람들이 축제를 벌이고 있어!"

그때 템페스타가 잔뜩 신이 난 얼굴로 그들 곁에 다시 등장했다.

"축제가 열렸다고?"

"지금 이 판국에?"

일행이 도착한 곳은 숲속의 한 공터였다. 그나마 나무가 많아서인지 다른 곳보다는 나았지만, 공기가 탁하다는 게 단박에 느껴졌다.

뿐인가. 가시거리가 사오 미터도 채 되지 않았다. 희뿌연 안개 같은 것이 주위를 뒤덮고 있었기 때문이다.

"여기도 푹푹 찐다."

"습한 데다가, 매캐한 냄새도 나는 것 같아."

"조금만 참아. 멀지 않은 곳에 강이 있어."

"…강?"

인어족인 퀸의 말이니 틀림없는 사실일 것이다. 사다함이 내어 준 지도에서도 이 근방에 강이 있다고 표시되어 있었다.

"바율, 잉그리드가 제대로 온 거 맞아?"

"응, 에이단. 이 일대가 유독 바람이 불지 않는 면적이

넓어서 그래."

그럼에도 사람이 살고 있다. 바율이 가장 먼저 이곳을 찾은 이유이기도 했다.

"어서 가 보자!"

"나만 따라와!"

템페스타가 한 손을 번쩍 쳐들곤 앞장섰다. 녀석이 지나가는 자리마다 바람이 안개를 날린 덕분에 시야 확보가 용이해졌다.

둥둥둥둥!

"정말로 축제를 하나 본데?"

어디선가 북소리와 함께 사람들이 부르는 노래 같은 것이 들려왔다.

"물 흐르는 소리도 들린다."

그런데 어째선지 매캐한 냄새는 점점 더 진해지고 있었다.

그렇게 소리를 따라 무작정 걸어가고 있을 때였다. 갑자기 사다함이 무언가 알아차린 듯 발길을 멈추었다.

"이건…… 축제가 아니야."

그런 그의 몸은 잘게 떨리고 있었다. 표정은 몹시 화가 난 것처럼도 보였고, 비통해하는 것 같기도 했다.

"이거 설마……!"

뒤에서 따라오던 토모까지 경악하는 게 일행을 불안하게
만들었다.

여기서 가국인은 그들 둘뿐이었다. 게다가 들려오는 음
성은 가국어인 것 같긴 하나 표준어가 아닌지 바율 일행이
좀처럼 알아들을 수가 없었다.

"왜? 뭔데 그래?"

"우리한테도 말을 해 줘야 알지!"

에이단과 일라이가 채근하자 토모가 더듬거리며 말했다.

"지금 들리는 이 노래…… 제, 제물을…… 바칠 때 쓰이
는 거예요."

"제물이라고? 그럼 지금 신관이 제를 지내고 있다는 뜻
이야?"

"제사를 지내는 건 맞지만, 누가 지내는 것인지…… 그
건 모르겠어요……."

"그거 말고도 뭐가 더 있지?"

"예?"

로건이 불쑥 다가서며 묻자 토모가 마치 죄인이라도 된
양 어깨를 흠칫거렸다.

"제사를 지내는 게 놀라운 일은 아니잖아. 비가 내리지
않는 지역에서 기우제를 지내는 건 요즘 같은 때에 너무나
흔한 일이지. 대체 제물로 뭘 바치는 거야?"

"······!"

"그 제물 때문에 너도, 태자 전하도 이토록 놀란 거 아닌가?"

"그, 그게······."

토모는 차마 입이 떨어지지가 않았다. 상상만으로도 끔찍했기 때문이다.

"바율, 서둘러야 한다!"

그때 사다함이 바율을 잡고 재촉했다.

"막아야 해! 얼른!"

말릴 틈도 없었다. 그 말만 남기고는 사다함이 뛰기 시작한 탓이다.

"태자 전하!"

"아 씨, 뭐야! 왜 저래?"

"태자 전하를 쫓아라!"

이언은 급히 만월 기사단에게 사다함의 호위를 지시했다. 무엇 때문인지는 몰라도 분위기가 심상치 않았다. 자신은 바율 곁을 떠날 수 없으니, 태자는 수하들에게 맡기는 게 최선이었다.

둥둥둥둥!

북소리와 노래가 점점 크게 들리는가 싶더니, 마침내 축제의 현장에 당도했다.

"흡, 이게 무슨 냄새지?"

"대체 이 사람들 여기서 뭐 하는 거야?"

일행이 숲을 헤치고 달려와 도착한 곳은 강가에 위치한 너른 공터였다. 그곳에 수십 명의 사람들이 운집해 있었다.

그런 그들의 모습은 하나같이 괴이했다. 얼굴에는 짙은 화장을 하고, 누덕누덕 기웠지만 색감만은 여러 색이 뒤섞인 화려한 옷을 입고 있었다.

사람들은 일행이 나타난 것도 모른 채 모두가 강가를 향해 무릎을 꿇고 앉았다. 그러곤 다들 광기 어린 음색으로 노래를 부르며 기도했다.

"강에서 연기가 나고 있어."

숲에서보다 더욱 자욱한 안개가 일대를 뒤덮고 있었다.

"저건 뭐지?"

그래서 발견이 늦었다.

그 강, 연기가 나는 강 위로 뭔가가 매달려 있었다. 당장 부러져도 이상하지 않을 것 같은 얇은 기둥에 의지한 채로 말이다.

"움직인다!"

기둥에 매달린 무언가가 꿈틀거렸다.

"…사, 사람이야!"

"애들인데……?"

안개 사이로 보이는 형상은 분명히 사람이었다. 심지어 대여섯 살밖에 안 되어 보이는 어린아이들이었다. 그 아이들이 그물망에 싸인 채 살려 달라고 울부짖고 있었다.

"울고 있어……."

"이들의 노랫소리에 묻혀서 들리지 않았던 거야."

"토모."

"네, 백작님."

"제물이라는 게…… 혹시 저 아이들인 거야?"

토모는 대답하지 못했다. 하지만 그걸로 충분했다.

"강의 온도가 너무 뜨거워. 저대로 떨어지면 익사가 아니라, 몸이 타서 죽게 될 거야."

갈라진 퀸의 목소리로 그가 매우 화가 나 있음을 알 수 있었다. '의식'이라는 명목으로 살아 있는 어린아이를 제물로 바치고 있었다.

말도 안 되는 일이었다.

이건 그저 살인이나 다름없었다.

"노래가 끝났어!"

일행이 상황 파악을 하는 사이 어느 틈엔가 노랫가락이 끝났다. 그리고 제단 위로 한 사내가 걸어 올라갔다. 그 제단의 끝에는 아이들을 매달고 있는 기둥이 세워져 있었다.

"저, 저걸 지금 자르려는 거야?"

안개에 가려졌던 검 한 자루가 사내의 손에 들려 있었다. 그가 그것으로 힘껏 기둥을 내리쳤다.

"으아아앙!"

"엄마아!"

노랫말에 파묻혔던 아이들의 울음소리가 선명하게 바율의 귀를 파고들었다.

"템페스타!"

쑤아앙!

바율이 소리침과 동시에 아이들을 향해 강풍이 몰아쳤다.

촤아아아!

갑작스러운 바람에 강물이 크게 출렁였다. 강물이 강둑을 넘어 파도처럼 치솟자 강가에 모여 있던 사람들이 기겁하며 화급히 일어났다.

저 강물이 자신들을 덮친다면 어떠한 일이 벌어질지 너무나도 잘 아는 탓이었다.

하지만 그들이 앞다투어 도망치기 직전, 또 한 번 강풍이 세차게 불어 닥쳤다. 그 바람은 뜨거운 강물을 제자리로 돌려놓고, 주변의 안개마저 사라지게 했다.

"애들아! 괜찮니?"

템페스타가 아이들을 바닥에 내려놓자, 그물망 속에서 엉엉 울고 있는 녀석들의 모습이 보였다. 로건은 품에서 재빨리 기드온을 꺼내 그물을 잘라 냈다.

"제발 살려 주세요! 잘못했어요!"

"으어허헝!"

그물에 갇혀 있던 아이는 총 셋이었다. 충격과 공포가 컸기 때문인지 녀석들은 구출되었다는 사실도 인지하지 못하고 계속 울어 댔다. 그 와중에 한 아이는 잘못했다며 빌기까지 했다.

"이 아이들이 무슨 죄가 있다고⋯⋯!"

에이단은 새삼 분노가 치밀었다. 바율의 대처가 조금만 늦었어도 아이들은 바로 죽었을 것이다. 영문도 모른 채, 순전히 힘이 약하다는 이유로 강제 희생되어 그 명을 달리했을지도 모르는 아이들을 바라보자 부들부들 몸이 떨렸다.

"다친 곳은 없니?"

로건이 자상하게 물었지만, 아이들의 울음소리는 더욱 거져만 갔다. 뜨거운 연기가 피어오르는 강물 위에 매달려 있었던 탓인지 녀석들의 피부가 벌겋게 달아올라 있었다.

"얘들아, 이 언니랑 누나 얼굴 좀 봐 줄래?"

그때 갑자기 리타가 몸을 숙이고 아이들과 눈을 맞췄다.

그녀의 친근한 말투 때문이었을까.

아이들은 마치 리타가 뭐라고 했는지 알아듣기라도 한 것처럼 고개를 들고 그녀를 쳐다봤다.

"많이 무서웠지? 근데 이제는 괜찮아. 여기 계신 분들이 너희를 구해 주셨거든. 봐, 이렇게 땅을 딛고 있잖아."

리타가 손바닥으로 바닥을 두드리자 그제야 아이들의 표정에 변화가 생겼다. 녀석들이 커다란 눈동자를 깜박이며 서서히 울음을 멈췄다.

"내 말이 맞지? 그럼 우리 일어나서 걸어 볼까?"

리타가 아이들을 향해 손을 뻗자 한 아이가 망설임 없이 그녀의 손을 잡았다. 말이 통하지 않아도 용케 뜻을 알아듣는 것이 참으로 신기하기도 하고, 대견했다.

"우리도 같이할까?"

에이단과 토모가 서둘러 다가가 남은 두 아이들에게도 손을 내밀었다.

"옳지. 잘한다!"

분명 아이들에겐 바율 일행이 낯설었을 것이다. 하지만 일행의 손을 잡은 아이들의 작은 손에는 잔뜩 힘이 들어가 있었다. 마치 절대로 놓지 않겠다는 듯이 말이다.

"으앙!"

그렇게 몇 걸음 떼던 중이었다. 리타의 손을 잡고 있던 아이가 돌연 주저앉으며 다시 울기 시작했다.

"아직도 무서워서 그래? 언니가 안아 줄까?"

리타는 당황하지 않고 아예 아이를 품으로 끌어안았다.

"으아항!"

그런데 어째선지 아이가 더 크게 울었다.

"화상이야."

그때 퀸이 아이의 다리에서 상처를 발견했다.

"화상?"

"뜨거운 연기에 살갗이 덴 것 같아."

퀸의 말대로였다. 찢어진 바지 사이로 울긋불긋한 화상 자국은 물론, 물집도 여러 개 잡혀 있는 것이 보였다.

"이런, 얼마나 아팠을까."

요리를 하다가 뜨거운 물이 조금만 튀어도 상당히 아프다. 아이의 다리 곳곳에 드러난 화상 자국을 본 리타의 눈에 어느덧 눈물이 고였다.

"괜찮아. 우리 도련님이 낫게 도와주실 거야."

리타에게 바율은 뭐든 할 수 있는 존재였다. 그녀가 괜찮아질 거라 아이를 안심시키며 녀석의 머리를 쓰다듬었다.

"그러니 아프겠지만 조금만 참아. 알겠지?"

화상을 응급조치하려면 일단 부위를 차갑게 해서 열을 가라앉혀야 했다. 바율과 퀸이 약속이라도 한 듯 각자의 방법으로 아이를 치료하려는 순간, 그들의 눈에 기이한 광경이 펼쳐졌다.

"상처가…… 아물고 있어……!"

그랬다. 불그스름하던 피부가 조금씩 원래의 색으로 회복되고 있었다. 물집 역시 크기가 서서히 작아지는 것이 눈에 들어왔다.

"괜찮아……. 다 좋아질 거야……."

리타가 우는 아이의 머리칼을 매만지며 다정하게 되뇌고 되뇌었다. 그것이 그녀가 할 수 있는 최선이었기 때문이다.

"바율."

"지금 이거……."

"알아."

바율은 더 말하지 말라는 듯 고개를 저었다. 리타의 치유 능력이 또다시 발현되고 있었다. 그녀의 능력에 대해 알지 못하는 사다함과 토모, 그리고 맥 보좌관이 의아해하는 게 느껴졌다.

이번에도 당사자인 리타는 아이를 달래느라 상황을 인식하지 못하고 있었다. 아마도 아이의 고통을 진심으로 안타까워하고, 상처가 나았으면 하는 그녀의 간절한 바람이 이런 기적을 만들었으리라.

가능한 한 끝까지 모르게 하고 싶었는데, 리타가 알게 될 날도 머지않은 것 같았다.

그때 녀석에게 뭐라고 설명을 해 줘야 할까?

'많이 놀라지 않았으면 좋겠는데…….'

바율은 아이를 치료하는 리타가 기특하면서도, 한편으로는 염려가 되었다.

이 사달을 만든 데스는 바율이 쳐다보자 슬그머니 고개를 돌리며 딴청을 피웠다.

"웬 놈들이냐!"

일행이 구출한 아이들에게 정신이 팔린 사이에 마을 주민들이 그들을 에워쌌다. 가까이에서 보니 짙은 화장이 괴기스러운 느낌을 풍겼다. 그들의 눈빛은 일행을 향한 적대감으로 가득했다.

어찌 보면 당연했다. 그들 입장에선 신께 제물을 바치는 신성한 의식을 망친 셈이었다. 뭘 어떻게 한 것인지는 몰라도, 그들에겐 아이들을 데려간 바율 일행이 적이나 마찬가지였다.

"당장 그 아이들을 넘겨라!"

"그렇지 않으면 전부 강물에 던져 버릴 테다!"

차앙!

수십 명의 사람들이 무기를 꺼내며 협박했다. 만월 기사단이 지닌 검에 비하면 보잘것없었지만, 기세만큼은 대단히 전투적이었다.

"모두 무기를 버리거라!"

사다함이 나선 것은 그때였다. 그가 엄중한 목소리로 사람들을 향해 일갈했다.

"나는 이 나라의 태자, 사다함이다! 아바마마의 명을 받고 이곳의 문제를 해결하러 왔다. 하니 예를 갖추어라!"

"으하하! 지금 태자라고 했냐?"

제단에 올라 아이들을 매단 기둥을 자르려고 했던 사내가 웃음을 터뜨리며 반문했다.

"그런데 왜 혼자지? 설마 그 이방인들을 호위 무사라고 우길 참인가?"

"이들은 우리 가국을 돕기 위해 폴스카 제국에서 친히 방문한 국빈들이시다. 이미 너희들은 내가 보는 앞에서 중죄를 지었다. 이 이상 죄를 더한다면 사형을 면치 못할 터!"

산 사람을 제물로 바치는 것은 엄연한 범죄였다. 하나 가국의 곳곳에서 이런 일이 자행되고 있다는 걸 사다함은 지속적인 보고를 통해 이미 알고 있었다.

이 또한 자연재해가 불러온 비극의 한 부분이었지만, 실제로 마주하자 그 충격이 컸다. 조금만 늦었으면 어쩔 뻔했단 말인가.

"어서 무기를 버리고 물러나거라!"

사다함이 마지막으로 명령했다. 하지만 상황은 그의 뜻대로 흘러가지 않았다.

"우리의 터전을 빼앗기 위해 온 자들이다! 모두 쓸어버리자!"

바율 일행의 이국적인 외모에 더해 호위 무사도 없이 태자임을 주장하는 사다함의 태도는 지금 같은 상황에선 반감을 사기에 충분했다.

결정적으로 그들은 중요한 의식까지 방해하지 않았던가.

마을 주민들은 사다함이 어떤 말을 해도 믿지 않았다. 오히려 힘겹게 겨우 버티고 있는 그들의 남은 땅을 약탈하러 온 침략자로 여겼다.

사내의 선동에 무리 전체가 무기를 꼬나들고 함성을 내질렀다. 본인들의 터전을 지켜 내겠다는 의지였다.

"태자 전하, 잠시 물러나 주십시오."

"바율……."

"제가 설득해 보겠습니다."

"태자인 나의 말도 통하지 않는다. 한데 외국인인 네가 어찌 설득하려고?"

"보여 주면 되지 않겠습니까?"

"……?"

적을 공략할 때는 상대가 가장 두려워하는 바를 목표로 해야 한다.

자신을 시험한 사다함을 백기 들게 만든, 아버지께 배운 전법이었다. 그것을 이렇게 금방 다시 써먹게 될 줄은 몰랐지만, 바율은 망설이지 않았다.

"이노센트!"

바율이 오랜만에 녀석을 호출했다. 이노센트가 푸른색 머리칼과 물방울을 공기 중에 흩뿌리며 일행의 머리 위로 등장했다. 사다함이 두 번째로 만나는 정령이었다.

"아이들을 넘기지 않으면 저 강물에 우리를 빠뜨리겠다고 하셨습니까?"

"그렇다! 당장 우리 아이들을 내놓아라!"

바율의 물음에 사내가 외치자 사람들이 따라서 소리쳤다. 불청객들로 인해 망친 의식을 다시금 빨리 치러야만 했다. 그 생각에 정신이 없어서인지 그들은 머리 위에 소녀가 떠 있는 모습을 보고도 놀라지 않았다.

"어디 그럼 그렇게 해 보십시오."

바율답지 않은 도발적인 언사였다. 그에 흥분한 사람들이 정말로 달려들려는 찰나, 섬뜩한 소리가 공터를 메웠다.

촤아아악!

눈으로 보면서도 믿기 힘든 장면이었다. 잠잠하던 강물

이 별안간 일어서기 시작한 것이다.

"가, 강물이……!"

바람은 일절 불지 않았다. 그럼에도 강둑을 넘어 점점 높이 치솟아 오르고 있었다.

"이 물 때문에…… 멀쩡히 살아 있는 어린아이들을 죽이려고 한 겁니까?"

바율로서는 백번을 양보해도 절대로 이해할 수 없는 행위였다. 어린아이들은 어떤 상황에서도 보호받아야만 했다. 아무리 삶이 절박하다고 해도 사람이 이런 짓을 벌여서는 안 되었다.

그래서 너무도 화가 났다.

"이번이 처음도 아니겠지요?"

비단 여기 말고도 이런 일이 벌어지는 곳이 더 있을 터였다. 그것이 바율을 더욱 슬프고도 분노케 했다.

"아이들이 어떤 심정이었을지 당신들도 느껴 보십시오."

바율의 말이 끝나자 강물이 움직였다. 위로만 향하던 물줄기가 갑자기 사람들 쪽으로 방향을 튼 것이다.

"으아아아!"

놀란 사람들이 비명을 지르며 도망치려 했지만, 어째선지 그들은 꼼짝할 수가 없었다. 두 발이 땅에 달라붙기라도 한 듯 떨어지지가 않았다.

"바, 바율!"

"너 설마…… 아, 아니지?"

누구보다 놀란 건 친구들이었다. 바율이 화가 나는 건 그들도 당연히 이해했다. 어린아이를 제물로 바치려 한 어른들의 횡포에 자신들 역시 이가 갈렸다.

하지만 지금 바율이 하려는 짓은 막아야 했다.

저 강물이 사람들을 덮친다면, 불에 태워 죽이는 것이나 마찬가지였다. 연기만으로도 화상을 입을 정도로 뜨거운 물에 온몸이 젖는다면, 고통이 이루 말할 수가 없을 것이다.

그런 끔찍한 광경은 보고 싶지도, 일어나서도 안 되었다.

"저들도 느껴야 해. 자기들이 무슨 짓을 하려고 했는지 깨우쳐야 한다고."

그러나 바율은 단호했다. 차갑게 대꾸하는 녀석의 잿빛 눈동자가 순간 푸른빛으로 번뜩였다.

"바율, 안 돼!"

바율의 눈동자가 은백색을 띨 때면 바람이 움직였다. 푸른색은 아마도 물일 것이다.

잠시 후에 벌어질 참상을 막기 위해 친구들이 소리쳤지만, 이미 일은 저질러졌다.

촤아아아!

뜨거운 열기를 뿜어내며 사람들을 향해 다가가던 강물이, 일순간 빠르게 장내에 휘몰아쳤다. 비명이 난무하며 주변은 순식간에 아수라장이 되었다.

마을 주민들을 선동하던 사내는 눈을 질끈 감았다. 거친 숨을 몰아쉬는 그의 몸이 두려움으로 바들바들 떨렸다.

"으아악!"

몇몇은 물이 채 닿기도 전에 정신을 잃고 기절하기도 했다. 그만큼 그들에게 뜨거운 강물은 공포의 대상이었다.

"……!"

하지만 어째서일까.

강물이 그들을 덮친 순간, 난무하던 비명 대신에 느닷없는 정적이 찾아왔다.

근래 느껴 보지 못했던, 이질적이면서도 익숙한 느낌.

사내가 눈을 번쩍 뜨며 주위를 휘둘러보았다.

"무, 물이……?"

사내와 주민들은 놀라움에 말을 끝까지 잇지 못했다. 모두가 멀쩡히 살아 있다. 뜨거운 강물에 타 죽었어야 할 그들이 온전하게 발을 딛고 서 있었다. 그것도 온몸이 흠뻑 젖은 채로 말이다.

"초, 촌장님!"

"무, 물이 차갑습니다!"

그들은 믿을 수가 없었다. 뜨거워진 강물로 인해 긴 시간을 너무나 힘들게 살아왔다. 갑작스러운 변화는 그들의 생계를 위협했고, 결국엔 자식들마저 제물로 바쳐야 하는 끔찍한 상황까지 불러왔다.

그런데 그랬던 강물이 갑자기 원래대로 돌아왔다. 오랫동안 느끼지 못했던 차가운 기운에 그들은 얼떨떨한 얼굴로 서로를 돌아보았다.

"휴우! 그럼 그렇지."

에이단은 안도의 한숨을 내쉬었다. 제아무리 화가 났기로서니 수십 명의 사람을 몰살시키는 것은 바율답지 않은 처사였다.

보아하니 마지막에 물의 온도를 변화시킨 모양이었다. 마을 사람들에게 겁을 주기 위해서였다면 제대로 먹힌 셈이다.

"기분이 어떻습니까?"

바율이 마을 주민들에게 물었다.

"힘없는 어린아이들입니다. 고작 대여섯 살짜리 아이가, 이유도 모른 채 저 강물 위에 대롱대롱 매달려 있어야만 했습니다. 아마도 당신들이 느꼈을 공포보다 더했겠지요."

지금은 울음을 멈췄지만, 세 아이 모두 일행의 품에 안긴 채 여전히 떨고 있었다. 언제 또 같은 일이 벌어질지 모른다는 생각에 두려워하는 듯했다.

"당신들이 저지른 죄가 무엇인지, 이제 아시겠습니까?"

"크흑! 사, 사르내!"

바율의 일침에 한 사내가 돌연 주저앉으며 울기 시작했다. 그러자 리타에게 안겨 있던 아이가 같이 울음을 터뜨렸다.

"으아앙, 아빠!"

그것이 시발점이었다. 하나둘 눈물을 보이던 주민들이 급기야 가슴을 치며 통곡했다. 애써 잊으려 했던 죄책감이 그제야 그들을 괴롭혔다.

"나리! 부디 용서해 주십시오! 저희는 그저 살고자 했을 뿐입니다!"

마을 촌장이 무릎을 꿇으며 바율에게 애원했다.

"가장 귀한 것을 내어 주면 모든 것이 원래대로 돌아온다는 소문에 눈이 멀어 그만……. 모든 잘못은 촌장인 제가 질 터이니, 주민들만은 살려 주십시오!"

조금 전까지만 해도 일행을 침략자라 여기며 전투태세였던 사내가 돌변했다. 바율이 보여 준 믿기 힘든 능력에 그는 완전히 굴복했다.

지금의 그들에게 바율은 그야말로 신과 같았다.

"모쪼록 저희를 불쌍히 여기어 주십시오!"

강물을 자유자재로 움직이는 것도 모자라, 그 뜨거운 물을 순식간에 차갑게 변화시켰다.

신이 아니고서야 어찌 그럴 수 있단 말인가.

놀라운 기적 앞에서 사내는 적대심은 물론 모든 것을 내려놓았다.

"바율."

"네, 태자 전하."

"이제부터는 내가 해도 되겠나?"

바율은 고개를 끄덕이며 뒤로 한 걸음 물러났다. 상대는 가국의 백성이었고, 그들을 처벌할 권리는 자신이 아닌 태자, 사다함에게 있었다.

"모두 잘 보았겠지? 뜨거운 강물은 아이들을 제물로 바치지 않아도 본래대로 돌아올 수 있다! 그리고 그건 자연을 제어하는 정령사만이 할 수 있는 일이다!"

"…정령사?"

그들에게는 생소한 단어였다. 바율의 위상이 널리 퍼지고 있기는 하나, 아직 대륙의 구석구석까지는 닿지 않은 탓이었다.

"여기 있는 이분이 우리 가국의 재난을 해결하기 위해 밀리서 와 주신 란데르트 백작이시다. 나 가국의 태자, 사다함은 정령사인 그에게 이미 모든 걸 맡겼다. 그가 너희들의 터전을 원래대로 복구해 줄 것이다!"

"저, 정말입니까? 진정 그리 해 주실 수 있습니까?"

"내 말을 믿나 보군. 그럼 이제는 내가 태자라는 사실도 인정하는 건가?"

사다함의 반문에 촌장의 눈빛이 흔들렸다. 사실 그것까지는 깊게 생각하지도 못했다. 찬물을 뒤집어쓰고 예전처럼 돌아갈 수 있다는 희망에 젖어 미처 그럴 겨를이 없었다.

"훗, 아닌가 보네. 뭐, 상관없다. 지금은 그게 중요한 게 아니니까."

어차피 나중에 궁의 사람들이 도착하면 자연스레 알게 될 일이다. 지금은 이들을 물러서게 하고 문제를 해결하는 것이 급선무였다.

"너희가 저지른 죄에 대한 판결은 후에 할 터. 하니 그때까지 죄를 뉘우치고 반성토록 하라!"

"…그때라는 게 언제입니까?"

"멀지 않다. 도망치는 놈은 나의 이름을 걸고 결코 용서치 않을 것이다."

사다함은 무시무시한 경고를 끝으로 말을 마쳤다.

"…전부 무기를 버리게나."

마을 촌장은 잠시 갈등하더니 이내 결심한 듯 들고 있던 칼을 바닥에 내던졌다. 순순히 사다함의 뜻에 따르겠다는 표시였다.

자신들의 터전이 이전처럼 돌아갈 수만 있다면 뭔들 못하겠는가.

마을 주민들이 너도나도 무기들을 한자리에 내려놓았다.

"바율, 이 사람들은 내가 맡겠다. 여기는 걱정 말고, 너만이 할 수 있는 일을 부탁하지."

바율이 재난을 해결하기 위해선 일대 전체를 더 둘러봐야 했다. 그러려고 잉그리드를 타고 먼저 온 것이었으니.

주민들이 무기를 버리고 투항하긴 했지만, 누군가 그들을 지켜볼 사람이 필요했다. 하여 사다함은 자진해서 남기로 했다.

"만월 기사단은 두고 가겠습니다."

태자인 그를 혼자 둘 수는 없었다. 바율이 그리 대답하자 이언이 수하들에게 눈짓으로 지시했다.

"고맙다."

"그럼 돌아보고 오겠습니다."

바율은 더는 저들과 함께 있고 싶지 않았다. 리타에게서 떨어지지 않으려고 하는 아이 때문에 리타와 데스 형제들까지 남겨 둔 채 일행은 본래의 계획대로 서둘러 움직였다.

4.

지역의 재해 상황은 생각했던 것보다 훨씬 심각했다. 숲으로 깊숙이 들어갈수록 안개가 더욱 심해져서 한 치 앞도 볼 수가 없을 정도였다. 템페스타가 있었길 망정이지, 꽤 고생할 뻔했다.

"저기 또 있다."

뜨거운 물이 고인 웅덩이 근처에 뿔 달린 사슴 한 마리가 쓰러져 있었다. 에이단이 급히 뛰어갔지만, 이내 머리를 저었다.

"늦었어. 이미 죽었어."

여기까지 오는 동안 동물들의 사체를 수십 마리는 보았다. 모두가 하나같이 독극물을 먹은 것처럼 토사물과 함께 죽어 있었다.

"셰임."

바율이 나지막이 셰임을 부르자, 땅이 갈라지며 그 속으로 죽은 사슴이 빨려 들어갔다. 일일이 무덤을 만들어 줄수는 없기에 어쩔 수 없이 택한 방법이었다.

"아무래도 물에 문제가 있는 것 같아. 그저 뜨겁게만 변한 게 아닌가 봐."

"코를 찌르는 이 매캐한 냄새. 이것도 관련이 있는 듯해.

대체 원인이 뭘까?"

"물에 어떤 성분이 섞여서 일어나는 현상 같은데……
야, 꼬맹아! 너 물을 맑게 바꾸는 것도 가능한 거지?"

바율 곁에는 모처럼 사대 정령이 전부 나와 있었다. 일라
이가 불쑥 묻자 이노센트가 힐긋 노려보더니 새침하게 대
꾸했다.

"당연하지. 물의 정령인데 그런 것도 못 할 줄 알았나?
바보 같기는!"

"아 씨, 저게 또 까분다!"

혀를 날름거리는 이노센트를 보고 있자니 일라이는 간만
에 울컥했다.

"너 그냥 다시 들어가! 요즘 안 보여서 내가 속이 다 시
원하더라!"

"웃기시네! 네가 뭔데 들어가라, 마라야? 그동안은 저
멍청이 때문에 참았던 거거든!"

"뭐야? 너 지금 나한테 또 멍청이라고 그랬냐?"

쑤아앙!

멀리 앞서가고 있던 템페스타가 한순간에 으르렁거리며
나타났다.

"귀도 밝으셔!"

"멍청이란 소리 취소해! 나도 이제 중급 정령이라고!"

"그놈의 중급 타령! 그럼 멍청이를 멍청이라고 부르지, 뭐라고 불러? 아까 사람들이 나쁜 짓 하려는 걸 보고도 축제라고 한 주제에!"

"이, 이 물귀신아! 그건 내가 잠시 착각했을 뿐이야!"

허를 찌르는 이노센트의 공격에 템페스타가 잠시 주춤거리며 변명했다. 그러자 이노센트가 입가를 삐죽이며 빈정거렸다.

"아이고, 그랬어요? 너는 어째 중급이 되고도 변한 게 없니? 덜떨어진 게 어쩜 그렇게 한결같아?"

"이노센트."

바율의 엄한 목소리가 이노센트를 불러 세웠다. 안 그래도 속이 복잡한데 오랜만에 녀석들까지 싸우자 머리가 다 지끈거렸다.

"그런 말은 쓰지 말라고 했잖아. 얼른 템페스타에게 사과해."

"내가 왜? 내가 이 자식 때문에 그동안 얼마나 참고 또 참았는데!"

"네가 나 때문에 뭘 참았는데?"

"네가 중급 정령이 되었다고 난리를 얼마나 피웠니? 그 꼴 보기 싫어서 엄청 얌전히 있었던 거거든?"

"그러니까 뭐야, 이노센트를 그간 잘 볼 수 없었던 이유가 템페스타가 중급 정령이 되어서 그랬던 거야?"

셰임과 스피넬은 애초부터 조용했기에 이상하지 않았지만, 근래 들어 이노센트가 안 보이는 게 의아했던 친구들이다.

잉그리드와 퀸 때문에라도 불쑥불쑥 나타나던 녀석이 왜 그러나 싶었는데, 이제야 비로소 의문이 풀렸다.

"꼴값을 좀 떨어야지! 어휴, 유치해!"

"피, 유치한 게 아니라 질투가 났던 건 아니고?"

"뭐, 뭐라고?!"

에이단의 말이 정곡을 찔렀는지 이노센트가 말까지 더듬으며 소리를 빽 질렀다.

좌아아!

화가 난 녀석의 기운 탓에 근처에 있던 웅덩이의 물이 덩달아 솟구쳤다.

"이노센트!"

바율의 눈빛이 다시금 푸른색으로 반짝였다. 아직 물이 뜨거운 데다 알 수 없는 불순물까지 섞여 있었다. 아차 하는 사이에 누군가 다칠 수도 있었다.

안 그래도 오자마자 안 좋은 일을 겪어서 기분이 저조한 상태였다. 그래서인지 바율의 목소리엔 그도 모르게 노기가 섞여 나왔다.

"악!"

그 때문이었을까.

갑자기 이노센트가 가슴을 부여잡으며 고통스러워했다.

"이, 이노센트!"

깜짝 놀란 바율과 일행이 다가가자 녀석이 눈물을 뚝뚝 흘리며 바율을 쳐다보았다. 그런 이노센트의 눈에는 처음으로 바율을 향한 두려움이 담겨 있었다.

Chapter 6.
다시 들려온 목소리

1.

"뭔 일 있었어? 분위기 왜 이래?"

해가 지고 숲에 어둠이 찾아왔다. 바율과 친구들은 조사
를 마치고 사다함과 일행이 있는 곳으로 돌아왔다.

어쩔 수 없이 노숙을 하게 된 그들은 공터에 다 같이 자
리를 잡았는데, 이전에 비해 대화가 현저하게 줄어든 데다
서로를 힐끔거리며 눈치만 계속 살펴 댔다.

리티의 요리를 기나리느라 잠시 정신이 나가 있던 데스
는 식사를 완전히 마치고 나서야 무언가 자신이 모르는 일
이 생겼음을 알아차렸다.

"혼자서 왜 저러고 있는 거야?"

데스가 멀찍이 떨어진 채 홀로 나무둥치에 기대어 앉아 있는 바율을 쳐다보며 인상을 찌푸렸다.

"여기가 그렇게 심각한가? 복구하는 게 어렵대?"

"그게 아니라요."

보다 못한 에이단이 따라오라며 데스를 데리고 구석으로 갔다.

"지금 충격받아서 그래요."

"충격? 무슨 충격?"

"음, 죄책감이라고 해야 할까요."

"죄책감이라면, 바율이 무슨 잘못이라도 저질렀다는 건가?"

그럴 리가 없을 텐데.

데스의 표정과 말투는 딱 그랬다.

"잘못이라기보다는요, 실수라고 해야 할까. 여하튼 좀 문제가 있었는데, 본인이 제일 놀란 것 같아요. 아까 이노센트가 좀 까불었었는데……."

에이단은 바율과 이노센트 간에 있었던 일에 대해 제법 상세하게 설명해 주었다.

그런데 그걸 다 듣고 난 데스는 조금 전보다 더 이해할 수 없다는 얼굴이었다.

"대체 어느 부분에서 충격을 받았다는 거지? 보아하니

전대 정령왕의 기운이 발현된 것 같은데, 그거라면 이제 익숙해질 때도 됐잖아."

"그건 그렇죠. 근데 이노센트가 울었다니까요?"

"…그래서? 그게 왜?"

"바율한테 겁먹고 울었다고요."

"그러니까 그게 뭐?"

"아 씨, 데스! 이게 이해가 안 돼요? 생각을 해 보세요. 누군가가 데스를 엄청나게 좋아하고 잘 따랐어요. 데스도 그 누군가를 예뻐하고 귀여워했고요. 근데 데스가 버럭 화를 내는 바람에 상대가 데스를 무서워하게 된 거예요. 이전처럼 앞에 와서 생글생글 웃지도 않고 그러는 거죠. 그럼 데스 기분이 어떨 거 같아요?"

"내 기분?"

"네, 완전 충격 먹겠죠?"

"아니. 별로."

"엑?"

"날 두려워하지 않는 상대는 지금껏 본 적이 없거든."

데스의 긴 앞머리 사이로 보이는 까만 눈동자가 찰나지만 붉게 일렁였다. 에이단은 자신도 모르게 흠칫 몸을 떨며 뒤로 물러섰다.

바보 같이 잊고 있었다.

그는 마계의 총사령관이자 서열 9위의 마신이었다. 그간 너무 편하게 지낸 탓에 그러한 사실을 잠시 깜박했다.

음식을 맛없게 만들었다는 이유만으로 바르의 팔을 잘라 버린 그가 아니던가.

"데스 씨! 이리 와서 여기 좀 정리해요!"

그때 리타가 이쪽을 향해 손짓했다.

"어, 리타! 갈게!"

데스는 한 줌의 망설임도 없었다. 마치 주인의 부름에 응답하는 강아지처럼 바로 달려갔다.

"…내가 예시를 잘못 든 것 같네."

데스를 두려워하기는커녕 누구보다 만만히 여기는 존재를 바로 코앞에 두고, 이입도 안 될 '누군가'를 들먹인 자신이 새삼 한심스러웠다.

리타를 예로 들었으면 데스가 어떤 반응을 보였을지 짐짓 궁금해지는 순간이었다.

"바율."

그 시각, 퀸이 떨어져 있던 바율에게로 다가갔다.

"응, 퀸……."

"너무 미안해하지 마. 이노센트도 순간적으로 놀라서 그렇지, 네 마음을 모르는 건 아닐 테니까."

"알아, 나도. 근데……."

자신을 보던 이노센트의 눈빛이 잊히지가 않았다. 바율의 분노는 녀석을 아프게 하였지만, 반대로 이노센트의 두려움은 바율에게 상처가 되었다.

"네가 아직 힘을 완전히 조절할 수 없기 때문에 생긴 사고였잖아. 앞으로도 이런 일이 또 발생할지 몰라. 그때마다 이렇게 힘들어할 거야? 이노센트한테는 내가 잘 말해 볼게. 내 말이라면 좀 듣는 편이잖아."

"고마워……."

"세상엔 어쩔 수 없는 것도 있는 법이야. 네가 전대 정령왕의 기운을 품고 있는 이상, 이노센트 말고 다른 정령들 역시 언젠가 널 두려워할 수밖에 없어. 널 왕이라고 부르는 녀석들이잖아."

왕자로 태어난 퀸이었기에, '왕'의 숙명에 대한 그의 말에는 어쩐지 무게감이 느껴졌다.

"하지만 퀸, 난 그런 왕은 되고 싶지 않아. 난 그저 지금처럼…… 쭉 지내 왔던 것처럼 그렇게 지내고 싶어……."

"정령들은 애초부터 하급, 중급, 상급으로 나눠진 존재들이야. 계급이 뚜렷한 세계에서 이런 건 오히려 당연할 수도 있어."

계급이 뚜렷한 세계.

그러고 보면 맞는 말이다.

정령계에 대해 아직 모르는 게 많지만, 그들의 세상에서 정령왕은 정령들에겐 무조건 따라야 하는 존재였다.

그런 정령왕을 키워 내야 하는 바율은 전대 정령왕의 기운을 품고 있으며, 정령들은 그런 자신을 왕이라고 여기고 있었다.

하지만 녀석들은 바율에겐 친구이자 가족이었다. 정령들 덕분에 좀 더 나은 사람이 될 수 있었고, 이 자리에까지 올라왔다.

힘들 때마다 아무 대가 없이 도움을 주는, 이제는 없어서는 안 될 소중한 녀석들이었다.

그런 정령들을 꼭 왕으로서 부려야만 하는 걸까?

'어머니…….'

답답한 마음 탓인지 저절로 어머니가 떠올랐다.

이럴 때 정령계에 계신 어머니와 연락이라도 할 수 있다면 얼마나 좋을까.

궁금한 것들을 여쭤보고, 상의도 할 수 있는 그런 날이 과연 올 수 있을까. 그래서 아버지와 어머니를 다시 만나게 해 드릴 수 있을까.

불현듯 그리움이 사무쳤다. 버릇처럼 펜던트를 손에 꼭 그러쥐는 바율의 손길이 잘게 떨렸다.

바율. 나의 아들아!

그때였다. 별안간 환청 같은 것이 바율의 귀를 사로잡았다.

"어, 어머니?"

바율은 자기도 모르게 발딱 일어났다. 이건 분명 얼마 전에 들었던 어머니의 음성이었다.

"바율, 왜 그래?"

퀸은 바율이 뜬금없이 어머니를 찾자 의아했다. 하지만 바율은 온 정신이 목소리에 쏠린 나머지, 그런 친구의 모습이 전혀 눈에 들어오지 않았다.

바율, 너의 불안함이 여기까지 전해지는구나.
이 어미가 도와줄 수 있다면 좋을 터인데…… 미안하다.

"아, 아닙니다! 미안해하지 마세요!"

바율은 펜던트를 쥔 채 고개를 세차게 저었다.

"뭐야? 바율, 왜 이러는 거야?"

그 이상한 모습에 부러 녀석을 혼자 두었던 친구들이 몰려왔다. 그러나 영문을 모르기는 같이 있던 퀸도 마찬가지였다.

"엇!"

그러던 퀸이 돌연 바율처럼 화들짝 놀라며 눈을 부릅떴다. 그런 그의 시선은 바율의 목에 걸린 펜던트로 향해 있었다.

언제쯤 너에게 나의 소리가 전해질까.

바세리스‥‥.

그것이 마지막이었다. 아버지의 이름을 끝으로 더는 어머니의 음성이 들리지 않았다.

"어머니? 어머니!"

바율이 애타게 부르고 또 불러 보았지만, 그녀는 어째선지 아들의 목소리를 듣지 못했다.

"너희 둘, 무슨 일이냐니까?"

"바율! 퀸!"

에이단과 일라이가 둘의 어깨를 잡고 흔들며 녀석들을 현실로 복귀시켰다.

"바율, 너 괜찮은 거야?"

바율의 이마에서 식은땀이 나고 있었다. 로건이 그 땀을 닦아 주며 바율을 걱정스러운 듯 바라보았다.

"로건……."

"응, 말해."

"나…… 또다시 어머니의 목소리를 들었어."

"어머니의 음성을 들었다고? 진짜야?"

"어디서? 여기서?"

에이단이 바율의 펜던트를 가리키며 바짝 다가섰다. 전혀 예측하지 못했던 뜻밖의 소식이었다.

"나를…… 아들이라고 부르셨어."

바율. 나의 아들아!

어머니의 첫마디가 바율의 귓가를 내내 맴돌았다.

예상은 했었지만, 확실해졌기 때문일까.

가슴이 두방망이질 치며 눈에는 눈물이 고였다. 다시는 만날 수 없을 줄 알았던 어머니였다. 그랬던 어머니의 음성을 들은 것이다.

'바일……!'

형이 살아 있었더라면 얼마나 좋아했을까.

어머니가 무사하심을 확인했다는 기쁨과 바일이 곁에 없다는 슬픔이 뒤섞이며 결국 바율은 주저앉고 말았다.

친구들은 그런 녀석의 복잡한 심경을 잘 안다는 듯 잠시 입을 닫고는, 조용히 등을 토닥이며 녀석이 진정하기를 기다려 주었다.

그러길 얼마나 지났을까.

"나, 이제 좀 알 것 같아."

먼저 입을 연 쪽은 퀸이었다.

"내가 전에 그랬었지? 이 펜던트에서 물의 기운이 느껴진다고."

"그때 항상 느껴지는 건 아니라고 했던 것 같은데."

"맞아. 갑자기 어느 순간 폭발할 것처럼 기운을 내뿜어서 한 번씩 깜짝 놀라곤 했지. 마치 내게 말이라도 거는 듯한 느낌이었거든."

"기억난다. 이상한 표현 방법이라고 생각했었지."

"아니, 이상한 게 아니었어. 내 말대로야. 바율의 어머니는 이 펜던트를 통해 녀석에게 계속 말을 걸며 연락을 시도하셨던 거라고."

"…연락?"

"바율이 조금 전에 어머니의 음성을 들었다고 했잖아. 난 듣지는 못했지만, 그 대신 엄청난 물의 기운을 느꼈어. 이 펜던트에서 말이야. 근데 지금은 그 기운이 전부 사라졌어. 바율, 지금도 어머니의 목소리가 들려?"

"…아니."

바율이 머리를 가로젓자 퀸이 '그것 봐' 하며 말을 이었다.

"바율의 어머니께선 어떤 이유로든 계속 녀석에게 신호

를 보내고 계신 거야. 보니까 바율이 하는 말까지는 아직 듣지 못하시는 것 같아."

"응. 내 목소리엔 답을 하지 않으시는 게, 들리지 않으시나 봐."

"헐! 그게 사실이면 완전 대박 아니냐? 정령계가 복원되기도 전에 어머니와 소통이 가능할 수도 있겠는걸!"

"그러면 란데르트 공작 전하께서도 기뻐하시겠다!"

"조만간 공작 전하와 너희 어머니가 만나실 수도 있다는 거잖아. 와, 내가 다 흥분되고 떨린다!"

아버지와 어머니의 만남.

그거야말로 바율이 진정으로 원하는 바였다. 그렇게만 된다면 더는 바라는 것이 없을 만큼.

자신으로 인해 헤어지시게 된 두 분을 다시 만나게 해 드릴 수만 있다면, 바율은 뭐든 할 각오가 되어 있었다.

2.

"저기…… 이노센트. 잠시 얘기 좀 할까?"

모두가 잠든 시각, 바율은 공터에서 벗어나 이노센트를 불렀다.

"템페스타랑 스피넬, 셰임도 나와 주면 좋겠어요."

바율의 부름에 사대 정령이 한순간에 모습을 드러냈다.

"바율, 무슨 일이야?"

템페스타는 바율의 부탁으로 지역의 마을들을 순찰 중이었다. 또다시 아이들을 제물로 바치는 불상사를 막기 위해서였다.

"으응, 내가 할 말이 좀 있어서……."

세 정령이 바율의 근처에 나타난 것과 달리 이노센트는 저만치 떨어져 있었다. 평소와 달리 고개를 푹 숙이고 있는 게, 바율로 하여금 재차 죄책감을 들게 했다.

"이노센트, 미안해. 내가 잘못했어."

바율은 녀석에게 다가가며 사과했다.

"너도 알겠지만, 내가 아직 전대 정령왕의 기운을 완벽하게 조절하지 못해서 생긴 일이야. 널 아프게 할 생각은 절대 없었어."

"……."

"이노센트가 아프면 나도 같이 아프단 말이야. 내 말이 진심인 건 알고 있지?"

바율과 정령들은 이어져 있었다. 그건 서로의 능력이 높아질수록 더욱 단단하고 끈끈해졌다.

"이노센트, 넌 내게 아주 특별한 존재야. 내가 제일 처음

만난 정령이기도 하고, 내 어머니와 같은 물의 기운을 가졌
잖아."

"…어머니?"

낮의 사건 이후로 계속 꽁해 있던 이노센트가 처음으로
고개를 빼꼼히 들었다.

"응. 비록 지금 당장으로서는 추측일 뿐이지만, 그래도
난 왠지 확신이 들어. 어머니께서 이노센트, 너와 같은 물
의 정령이신 것 같아. 이 펜던트에서 들었던 목소리, 기억
하지?"

바율이 펜던트를 집어 들자 이노센트가 그렇다는 듯 파
란색 눈을 깜박였다.

"나도 들었거든. 그 목소리가 날 '아들'이라고 불렀어."

"아들?"

이노센트가 흥미가 동하는지 바율을 향해 돌아섰다.

다른 정령들은 바율과 친구들 간에 오가는 대화를 듣고
이미 알고 있던 사실들이었다. 물론 이노센트도 충분히 들
을 수는 있었지만, 바율에게 받은 충격 때문에 그럴 정신적
여력이 부족했다.

"어머니를 하루라도 빨리 만나고 싶어."

바율은 이노센트를 바라보며 진지하게 말했다.

"그러려면 너희들의 도움이 필요해."

"우리가 어떻게 하면 되는데?"

템페스타가 휙 날아와 바율 앞에 멈췄다. 셰임과 스피넬은 '하명만 하십시오' 하는 분위기를 풀풀 풍기며 시립해 있었다.

"상급 정령이 되어야지."

"상급 정령?"

말만 들어도 좋은지 템페스타의 입이 찢어질 듯 벌어졌다.

"그리고, 정령왕도 되어야 하고."

"그러면 바율이 어머니를 만날 수 있어?"

"아마도."

사실 그렇게 말하면서도 바율은 그 과정 어느 부분에서 어머니와 연이 닿을 수 있을지 아직 몰랐다.

하지만 녀석들의 능력이 향상되고, 자신 역시 전대 정령왕의 기운을 자유롭게 조절할 수 있는 날이 온다면 틀림없이 지금보다 더 많은 정령계의 비밀을 알게 되리라는 믿음이 있었다. 그렇게 되면 자연스레 어머니를 만날 수 있지 않을까?

정령계에 홀로 외롭게 계실 어머니를 위해서라도, 어머니를 그리워하며 평생을 보내고 계신 아버지를 위해서라도 바율은 반드시 그리해야만 했다.

"어쩌면 내 말이 너희들을 이용하겠다는 말로 들릴지도 모르겠다."

이노센트에게 사과를 하겠다고 불러내서는 어머니를 만날 생각만 잔뜩 하고 있었다.

"아무리 혼란스러워도 이러는 게 아닌데……."

"바율, 우리는 괜찮습니다."

그때 셰임이 다정한 말투로 바율을 위로했다.

"우리를 진정으로 아끼는 그 마음, 충분히 전달받고 있습니다. 그러니 괴로워하지 마십시오."

중급 정령이 된 셰임은 머리가 희끗한 중년의 노신사 모습을 하고 있었다. 그래서일까. 어쩐지 셰임의 말은 언제나 바율에게 큰 위안으로 작용했다.

"바율 님, 저희를 이용하셔도 됩니다."

스피넬은 한술 더 떠서 아예 자신들을 이용해 달라며 바율에게 청했다.

"왕에겐 그럴 자격이 충분합니다."

"아니."

바율은 고개를 저었다.

"난 너희를 아프게 할지도 몰라. 이노센트를 두렵게 만들었던 내와 같은 상황이 또 벌어질 수도 있어."

"그게 고의가 아니라는 건 저희도 압니다."

"맞아! 바율은 절대 일부러 그러는 게 아니야! 저 물귀신이 지금 엄살 피우는 거라고!"

"템페스타!"

이노센트가 제일 싫어하는 말이 물귀신이었다. 아니나 다를까. 녀석이 어느새 뾰족한 시선으로 템페스타를 노려보고 있었다.

"이노센트는 그저 놀란 거야. 내가 아프게 했으니까. 다시 한번 정말 미안해, 이노센트."

"…아니야. 나 이제 괜찮아."

바율의 사과에 내내 대꾸조차 없던 이노센트가 드디어 입을 열었다.

"바율이 날 미워하는 것 같아서…… 조금 힘들었지만, 그냥 잊어버릴게."

"이노센트, 난 결코 널 미워하지 않아! 나한테 너희는 정말 소중한 존재들이라고!"

"…진짜?"

"그럼! 너희가 없으면 나도 없어!"

정령이 없으면 정령사인 바율도 당연히 없는 것이나 마찬가지였다. 그러면 이 땅의 자연재해 해결은 물론이고, 하사받은 관직이며 작위를 모두 토해 내야 할지도 모른다.

그런 걸 떠나서라도 이미 정령들과 함께하며 너무나 많은 것을 배운 바율이었다.

녀석들이 있기에 지금의 바율이 있었고, 또 그런 바율이 있기에 녀석들도 성장할 수 있는 것이었다.

"정말로 나 미워하는 거 아니지?"

이노센트가 확답을 바라며 바율에게로 날아왔다. 바율은 녀석의 큰 눈망울을 응시한 채 대답했다.

"널 누구보다 아껴. 아프게 한 것 정말 미안해. 다시는 그러지 않을게."

"알았어! 바율이니까 한 번만 용서해 줄게!"

이노센트가 본래의 쾌활함을 되찾으며 하늘로 솟구쳤다. 그러자 템페스타가 녀석을 쫓으며 소리쳤다.

"야! 네가 뭔데 바율을 용서하고 말고 하냐? 잘못은 처음부터 네가 했잖아!"

"시끄러워, 이 멍청아!"

"우 씨, 이 물귀신이 또!"

쑤아앙!

템페스타가 강풍을 일으키자 숲을 뒤덮고 있던 안개들이 순식간에 한곳으로 몰리며 회오리를 형성했다.

"나랑 해보자는 거냐?"

좌아아!

그에 질세라 이노센트가 강물을 들어 올리며 템페스타에게 맞섰다.

"…변한 게 없구나."

겨우 어르고 달래서 관계 회복을 해 놨건만, 앙숙인 두 녀석은 여전했다. 그나마 일행과 떨어진 곳이었기에 그냥 놔두었지, 안 그랬으면 화해를 하자마자 다시 화를 낼 뻔했다.

"저 녀석들은 대체 언제쯤 철이 들려는지……."

바율은 홀로 중얼거리며 애꿎은 관자놀이를 꾹꾹 눌러 댔다.

3.

이틀이 빠르게 지나갔다. 가국의 무사와 병사들이 속속 도착하는 것을 본 마을 주민들의 얼굴이 점점 핼쑥해졌다. 안 그래도 지은 죄가 큰데, 왕족에 대한 모욕죄까지 추가되게 생겼으니 앞날이 캄캄해지는 게 당연했다.

그들은 병사들에 의해 바로 연행되었고, 졸지에 부모를 잃고 고아가 되어 버린 아이들은 태자인 사다함이 직접 거두기로 하였다.

"어쩌면 아이들에겐 행운일 수도 있겠군요. 어려서부터 궁에서 일할 수 있게 되었으니 말입니다."

"글쎄…… 과연 아이들도 그렇게 생각할까?"

"네?"

"가국에선 한 번 궁에 들어가면 나올 수가 없거든. 평생 궁을 위해 목숨 바쳐서 일해야 하지."

"…나이가 들어 하고 싶은 다른 일이 생겨도 나올 수가 없다는 뜻입니까?"

"그래. 그것이 우리나라 궁의 법도다."

병사들을 따라 걸어가는 아이들의 뒷모습을 바라보는 사다함의 표정은 꽤 복잡했다.

"하지만 지금은 다른 수가 없어. 여기에 아이들만 남겨 둔 채로 갈 수는 없으니까."

누구라도 아이를 거두어야 하는데, 마땅한 존재가 없었다. 사다함의 결정은 인정이라기보다 어쩔 수 없는 선택이었다.

아이들에게 더 자유로운 환경을 제공해 주고 싶은 마음이야 굴뚝같지만, 오랜 시간 자연재해와 함께 온 가국의 형편은 그리 여유롭지가 못했다.

바울을 모셔 오기 위해 걸었던 조건까지 더하면 한동안은 더욱 고전을 면치 못할 것이다.

그래도 나라의 근심만 사라진다면 미래를 도모할 수 있다. 그때까지는 이런 안타까운 상황을 견뎌 내야 했다.

"우울한 얘기는 그만하고, 이제 본론으로 들어가지. 지역을 다 둘러본 소감이 어때?"

바율은 어제도 온종일 정령들과 함께 일대를 살피고 또 살피었다. 재난을 복구하기 위해선 한 번에 많은 기운이 필요했고, 그것을 잘 퍼뜨리기 위해서라도 시작 장소의 선점은 무척 중요했다.

"마땅한 곳을 찾았습니다. 하루 혹은 이틀, 사흘이 될 수도 있겠네요. 온 힘을 다 쏟아부어야 합니다."

"같이 가겠다."

"아니요, 저와 제 일행만 가도록 하겠습니다."

"하지만……."

"어떤 일이 벌어질지 모르니, 태자 전하께서는 안전한 이곳에 계십시오. 제가 챙겨 드릴 수 없는 상황이 올지도 모릅니다."

솔직한 말로 사다함은 바율이 기적을 행하는 장면을 직접 보고 싶은 욕심이 있었다. 하지만 이토록 단호하게 말하니 더는 부탁할 수가 없었다.

"알겠다. 부디 성공하고 돌아왔으면 좋겠군."

"저를 믿고 기다리십시오."

이미 어떤 식으로 복구를 해야 할지 정령들과 이야기를 마친 상태였다. 이번에는 템페스타뿐 아니라, 사대 정령 모두의 힘이 필요했다. 거기에 바율까지 녀석들에게 기운을 보태야 한다.

"그럼 가 보겠습니다."

바율은 마지막으로 사다함에게 정중히 예를 올린 뒤 일행과 함께 장소를 옮겼다.

그들이 이동한 곳은 근처에 위치한 상당히 높은 산이었다.

"이 화산이 문제였다는 얘기지?"

산 정상에 오르자 탁한 연기가 그들을 맞이했다. 바람의 유실로 지역의 온도가 올라가면서 자연스레 화산에도 영향을 끼친 것이다.

"강 아래로 용암이 흘러 들어갔어. 그래서 강물의 온도가 비정상적으로 뜨거웠던 거고. 물에 독성이 생긴 원인도 이 산에서 분출된 성분 때문이야."

"해결 방안은?"

"멈추게 해야지."

모두의 눈길이 약속이라도 한 듯 스피넬에게로 모였다.

중급 정령인 그녀가 이걸 해낼 수 있을까?

여태껏 스피넬의 뚜렷한 활약을 본 적이 없어서인지, 다들 걱정과 염려가 담긴 눈빛들이었다.

"스피넬."

"네, 바율 님."

"내가 도울게. 우리 최선을 다해 보자."

"맡겨만 주십시오."

스피넬의 입꼬리가 한쪽으로 싱긋 올라갔다. 어떤 불가능한 일도 바율의 명이라면 해내겠다는 의지가 그녀에게서 느껴졌다.

"셰임, 스피넬을 도와주세요."

"명 받습니다."

"템페스타는 뭘 해야 할지 알고 있지?"

"안개를 싹 다 치우라는 거지?"

"맞아."

"그거라면 문제없지!"

그까짓 안개쯤 몇 번 왔다 갔다 하면 끝이었다.

"이노센트는 뜨거워진 강물을 원래대로 돌려놔 주면 돼. 차갑고, 깨끗하게."

"비는?"

"당연히 비구름도 만들어 주면 좋겠지? 그럼 템페스타가 그걸 지역 전체로 이동시켜 줄 거야."

"저 멍청이랑 같이 움직이라고?"

이노센트와 템페스타의 얼굴이 대번에 일그러졌다. 같이 뭔가를 하느니 차라리 바율에게 미움을 받는 편을 택하는 것이 나았다.

하지만 바율에겐 비장의 수가 있었다.

"둘 중에 누가 더 열심히 잘하는지 지켜볼 거야."

"누가 더 잘하는지 지켜본다고?"

"응!"

"그건 보나 마나, 나지! 저 물귀신이 내 상대가 되겠어?"

"바율, 어떻게 나를 저런 멍청이랑 비교할 수 있어? 안 되겠다. 내가 이참에 아주 본때를 보여 줘야지!"

이노센트는 해밀턴의 비를 멈추고, 황도에 비를 내려 홍수와 가뭄을 해결했던 화려한 전적이 있었다. 그리고 녀석에겐 그걸 해내었다는 자부심이 강했다.

템페스타에게 밀리는 건 이노센트에게는 절대 일어날 수 없는, 결코 있어서는 안 될 일이었다.

'훗, 귀여운 녀석들.'

일행이 자신들을 어떤 눈으로 바라보고 있는지 전혀 알지 못한 채 이노센트와 템페스타가 결의를 다지며 날아올랐다.

Chapter 7.
무무왕의 선물

1.

바율은 장장 이십여 일 만에 가국의 왕궁으로 돌아왔다. 그는 약속대로 가장 시급한 곳 네 군데를 직접 방문해서 정령들과 함께 수습을 마쳤다.

그 네 장소는 전부 사람들이 살아갈 수 없을 정도로 자연재해가 심각했었는데, 바율로 인해 문제가 해결되면서 단숨에 살기 좋은 곳으로 둔갑했다.

"화산의 쇄설물에는 식물의 성장에 도움을 주는 영양 성분이 많이 들어 있습니다. 지금까지는 죽음의 땅으로 불리었겠지만, 이제는 기름진 토양이 되었으니 농작물을 심어 보십시오. 튼튼한 과실이 맺힐 것입니다."

사다함은 바율의 말이라면 뭐든 허투루 듣지 않았다. 그는 왕궁에 복귀하자마자 대책 위원회를 꾸려 바로 실천에 들어갔다.

이십여 일 만에 돌아온 바율을 향한 가국인들의 시선은 완전히 달라져 있었다.

기실 처음에는 그들로서도 반신반의하지 않을 수 없었다. 제아무리 바율의 명성이 하늘을 찌르고 있다지만, 직접 본 게 아니었기 때문이다.

자연을 제어하는 건 신의 영역이라고만 여기었던 그들에게, 정령사란 너무나 낯선 존재였다.

하지만 이제는 아니었다.

사다함 태자는 물론, 그를 따라간 왕국의 무사들과 병사들, 그리고 자연이 복구되면서 재난에서 탈출한 주민들이 바로 그 증인이었다.

소문은 빠르게 가국 전역으로 번졌다.

폴스카 제국에서 오신 위대한 정령사님께서 망가진 자연을 바로잡았다는 소식이 사람들의 입을 타고 신속하게 전해졌다.

가국에서 정령사는 더 이상 생소한 단어가 아니었다. 바율 역시 마찬가지였다.

바율 로마노프 혼 란데르트 백작.

그의 이름이 가국인들의 가슴에 뚜렷하게 새겨졌다. 이국적인 외모 탓에 처음엔 이방인 취급을 받았던 그들 일행은 이제 어딜 가나 환영의 대상이 되었고, 우러러 존경받는 위치에까지 올랐다.

"감사합니다!"

"참으로 고맙습니다!"

"가국의 은인이십니다!"

덕분에 벌써 사흘째 밤낮없이 왕실 파티가 멈추지 않고 열렸다. 바율이 홀에 들어설 때마다 가국인들이 몰려와 그에게 감사 인사를 전했다.

바율과 대면했다는 이유만으로 감격에 북받쳐서 울음을 터뜨리는 사람이 있는가 하면, 아예 바닥에 무릎을 꿇고 절을 올리는 사람도 있었다.

그들은 신분의 고하를 막론하고 바율을 향해 열렬한 애정과 지지를 보냈다.

"다들 물러나 계십시오."

"란데르트 백작님께서 곤란해하십니다."

사나함의 지시로 가국의 병사들이 바율과 일행을 호위하고 있었다. 왕궁에서, 그것도 파티장에서 호위가 왜 필요한가 싶었지만, 바율을 조금이라도 가까이에서 보기 위해 쇄도하는 이들 때문에 어쩔 수 없는 방책이었다.

"바욜, 오늘도 너의 인기가 우리를 불편하게 하는구나."

에이단이 고개를 설레설레 저으며 차가운 과일 주스를 쭉 들이켰다.

"크! 시원하다! 이거 뭔지 모르겠는데, 되게 맛있다니까."

"대 레오네트 백작가의 자제분께서 그게 뭔지도 모르는 거냐?"

"라이, 넌 알아?"

"드래곤후르츠."

"으잉? 뭔 후르츠?"

"과일 따위에 드래곤을 붙이다니, 너무 웃기지 않냐?"

그것이 몹시 기분 나쁘다는 듯 일라이가 미간을 찡그렸다.

"술에도 붙는데, 과일이라고 안 될 이유는 없지 않아? 난 그 이름 마음에 드는데."

바욜이 자레드와의 체스 대결에서 마셨던 술이 블러드오브 드래곤이었다. 그때는 아무 말 안 하더니 이건 왜 차별하냐면서 에이단이 남은 주스를 벌컥벌컥 마셨다.

"근데 록하, 여기 예의를 엄청 따진다고 하지 않았어?"

에이단의 주스를 못마땅하게 쳐다보던 일라이가 홀을 빙 둘러보며 물었다.

"무슨 신흥 종교 신전에 온 기분이야. 왜들 저렇게 뚫어지게들 보는 거지? 베르가라에서도 이 정도는 아니었는데 말이야."

가국인들은 대개 어두운 피부색에 눈이 크고 쌍꺼풀이 진한 편이었다. 그 커다란 눈들이 일시에 바율의 움직임을 따라가는 모습은 진귀한 한편 괴기스럽기도 했다.

"미안. 내가 대신 사과할게."

일행의 안내를 맡은 록하가 어색한 웃음을 지으며 대변했다.

"손님을 이런 식으로 쳐다보는 건 우리나라에서도 큰 실례이긴 해. 그래도 변명하자면 전례가 없던 일이잖아."

록하가 잠시 눈을 돌려 바율을 응시했다.

"그만큼 힘들었기 때문이야. 모두 고맙고 감동해서 그런 거니까, 바율 네가 이해해 주었으면 좋겠다."

"예행연습이라고 생각하십시오."

"예행연습이요?"

갑작스러운 맥 보좌관의 말에 바율이 고개를 갸웃하자 그가 말을 이었다.

"앞으로 이런 일이 자주 벌어지지 않겠습니까? 이곳보다 더하면 더했지, 덜하진 않을 겁니다."

대륙에 바율을 원하는 곳은 많고도 많았다. 그들에게 정령사인 바율의 행보는 곧 기적이나 다름없다. 그러니 이런 것쯤은 이제 익숙해져야 할지 모른다.

"바율, 지금 도망치고 싶다고 생각했지?"

"…티 났어?"

"넌 관심 받는 거 싫어하잖아."

사람들의 이목이 집중되는 건 여전히 바율에겐 달갑지 않은 일이었다.

하지만 작금의 파티는 바율의 노고를 치하하고 감사를 표하는 자리였다. 그런 곳에 주인공이 빠질 수는 없으니 억지로 참석한 것이다.

그나마 다행인 점은 오늘이 가국에서 머무는 마지막 날이라는 사실이었다. 아카데미의 여름 방학이 얼마 남지 않았기에 내일 바로 떠나야만 했다.

캐링스턴으로 가기 전에 해밀턴에서 아버지를 만나 어머니에 대한 소식을 전하려면 시간이 빠듯했다.

"그래도 덕분에 신난 사람도 있으니 좀 위안은 되겠다."

에이단이 바율의 뒤쪽을 보며 피식 웃었다. 그러자 일라이가 인상을 더욱 찌푸리며 빈정거렸다.

"저기에 사람이 어디 있냐? 걸신만 있지."

"걸신이란 표현은 좀 심하지 않냐?"

"심하기는. 우리 체면도 생각해야지. 저 난잡한 꼴이 뭐냐고. 안 그러냐, 애들아?"

일라이가 동의를 구했지만 돌아오는 대답은 없었다. 다들 그러려니 하는 눈빛으로 데스와 그의 형제들을 바라볼 뿐이었다.

그들은 바율의 일행이라는 이유만으로 끼니때마다, 아니 온종일 성대한 만찬과 함께했다. 끊임없이 식탁에 놓이는 가국의 음식들 앞에서 그들은 매번 무너졌고, 세상 어느 때보다 행복해했다.

"그래도 전 리타 스승님의 음식이 제일 맛있습니다!"

"그건 그렇지."

"인정."

"차원이 달라."

엄청난 양의 음식을 목구멍으로 넘기는 그 와중에도 리타의 요리를 찬양하는 걸 보면 정신을 완전히 놓지는 않은 것 같았다. 그렇다고 해도 시커먼 마족 넷이 실실 웃으며 잠도 잊은 채 먹기만 해 대는 풍경은 그리 썩 보기 좋지는 않았다.

"리타는 저걸 왜 두고 보는 거래? 잔소리 좀 하라 그래."

"오늘이 끝이라고, 원 없이 먹게 놔두라고 하더군요."

"리타가요?"

"네."

맥 보좌관의 설명에 일라이만 불만으로 양 볼이 부풀었다.

"리타 양은 토모 군과 궁궐 산책을 갔습니다."

데스 형제가 먹는 데 집중한 상태라 템페스타가 호위로 따라붙었다는 얘기까지는 굳이 하지 않았다. 왜인지는 몰라도 일라이가 데스와 그의 형제들을 유난히 싫어한다는 것을 맥도 이제는 파악한 것이다. 그 얘길 꺼내면 분명 또 트집을 잡아 무어라 투덜댈 게 분명했다.

여러모로 특이한 일행이었다.

황제의 명으로 바율의 보좌관이 된 맥은 벌써 수차례 진귀한 경험을 하고 있었다. 대부분이 정령사인 바율의 능력에 관해서였지만, 더러 아닌 것들도 존재했다.

예를 들면 거조로 변신한 잉그리드가 그랬고, 순식간에 아이의 화상을 치료한 리타가 그러했다.

그 평생 잉그리드처럼 몸집이 변하는 새가 있다는 얘기는 들어 본 적이 없었다. 드넓은 대륙 어딘가에 그만큼 거대한 생명체가 있을 수는 있겠지만, 그 모습에 변형을 줄 수 있는 종이 또 있을까 싶었다.

잉그리드를 타고 날아올랐을 때, 사실 표현을 안 해서 그렇지 그의 속은 놀라움으로 타들어 가고 있었다.

하지만 그보다 더 놀라웠던 것은 리타였다.

어려서부터 란데르트 백작님을 곁에서 모신, 요리에 일가견이 있는 열일곱 살 소녀.

그것이 맥이 조사하고 판단한 리타에 대한 평이었다.

그런데 평범한 줄 알았던 그 소녀가 난데없이 화상을 치료했다. 화상은 상처 중에서도 치료하기가 제법 까다로운 편에 속했다. 해서 어지간한 신관들은 엄두조차 내지 못했다.

한데 눈 깜짝할 사이에 그걸 해낸 것이다.

맥은 보면서도 믿기가 힘들었고, 그 상황을 어떻게 받아들여야 할지 무척 혼란스러웠다.

"그냥 모른 척해 주십시오. 나중에 설명해 드릴게요."

그런 그에게 바율이 내린 명은 모른 척해 달라는 것이었다. 그 이유가 무엇이냐고 물었지만, 당연히 답을 듣지 못했다.

제일 황당했던 건 정작 리타 본인은 자신의 능력을 모르고 있다는 점이었다. 우는 아이를 달래기에 급급했던 그녀는 내내 괜찮아질 거라고만 얘기했을 뿐, 치료가 이뤄지고 있음을 알리는 어떤 행동도 취하지 않았다.

'궁금해.'

잠시 공황 상태에 빠졌던 맥은 다른 이들에겐 어떤 능력이 있을지, 이제는 그게 궁금해질 판이었다. 그리고 이러한 걸 황제에게 보고해야 할지 말지 갈등하던 참이었다.

"무무왕 전하께서 드십니다!"

맥이 상념에 빠진 사이에 음악이 바뀌었다. 바율을 보며 이야기를 나누기 바쁘던 가국인들이 황급히 허리를 숙이며 길을 텄다.

그 길을 통해 무무왕이 곧장 바율을 향해 다가왔다. 그의 옆에는 사다함 태자와 네 왕자, 휘월 공주가 함께였다.

"오셨습니까."

바율과 일행이 예를 올리자 무무왕이 그럴 것 없다며 손을 내저었다.

"오늘이 마지막 밤이 아닌가. 나라의 국빈에게 당연히 인사를 해야지."

바율을 향한 무무왕의 눈빛에는 처음보다 더한 신뢰가 가득했다.

그도 그럴 것이, 볼수록 탐나는 인재였다.

그가 세상에서 가장 사랑하는 막내딸, 휘월과 짝을 이루게 된다면 더없이 좋을 터인데. 조금 전 그 딸에게서 들은 한마디에 그는 그와 관련된 어떤 말도 뱉을 수가 없었다.

"란데르트 백작님께 혼담의 '혼' 자라도 꺼내시면 확 살 발해 버릴 거예요."

휘월을 애지중지 여기는 무무왕에겐 엄청난 협박과도 같았다.

'쩝. 아까워 죽겠군.'

하지만 그의 막내딸은 한다면 하는 성격이었다. 무무왕 은 애써 마음을 다잡으며 본론으로 들어갔다.

"귀한 손님을 그냥 돌려보낼 수는 없어서 생각하고 또 생각을 해 보았지. 어떤 것으로 보답을 해야 할까 하고 말 이네."

"보답이라니, 당치 않습니다. 이미 향후 5년간 관세를 면제해 주시기로 협약을 하지 않으셨습니까? 그것이면 충 분합니다."

"아니, 아닐세. 내 마음은 그렇지가 않아."

수십 년을 들볶던 나라의 근심이 해결되었다. 그걸 어찌 금전으로만 보상할 수 있단 말인가. 게다가 그건 폴스카 제 국의 이득이었지, 바율 개인이 취하는 보상이 아니었다.

무무왕은 할 수만 있다면 더한 것도 내어 주고 싶었다.

"받게나."

무무왕이 눈짓하자 시종 하나가 나무로 만들어진 상자를 갖고 바율 앞으로 나왔다.

"…이게 무엇입니까?"

"아주 오래전부터 가국의 왕실에 전해져 내려오는 신물이네."

"신물이요……?"

"혹시 태고의 신물이라고 들어 본 적 있는가?"

"당연히 있습니다……."

어디 있다 뿐인가. 그것 덕분에 바율 대신 죽음을 택했던 퀸이 살아나기까지 했다.

"그런 귀한 걸 어찌 제게……!"

바율은 놀라움에 채 말을 잇지 못했다. 태고의 신물은 이 세계를 창조하신 최초의 주신께서 직접 만드신 진귀한 물건이었다.

주신의 하사품이라고도 불리는 신물에는 저마다 특별한 힘이 담겼다. 일례로 퀸이 가진 대양의 눈에는 죽음도 거스를 수 있는 소생의 힘이 심어져 있었다.

무무왕은 지금 그러한 것을 바율에게 주겠다고 하는 것이다.

"란데르트 백작, 그대이니까."

"……?"

"태자가 초반에 큰 실수를 하였음에도 관용을 베풀지 않았나. 그 배포에 감동하였네. 제국으로 바로 돌아갔어도 할 말이 없는 상황이었거늘, 끝까지 약속을 지켜 준 그대에게 무언들 아깝겠는가."

"이미 말씀드렸지만, 저는 그저 해야 할 일을 했을 뿐입니다."

"그대의 말이 진심이라는 것 또한 알고 있네. 어찌 그리도 욕심이 없는 겐가?"

바율은 대륙의 영웅인 란데르트 공작의 유일한 후계자이자 위대한 첫 번째 정령사였다. 어디를 가도 우러름의 대상이었고, 대접받기 충분한 정점의 위치에 서 있었다.

하지만 바율은 단 한 번도 그러한 내색을 하지 않았다. 남들에게 능력을 과시하지도 않았으며, 소탈하기까지 했다.

아비인 란데르트 공작을 쏙 빼닮았다고 해야 할까.

질책하듯 말하고 있지만, 실은 무무왕은 바율의 그러한 점이 더 마음에 들었다.

막강한 권력을 지니고서도 그것을 쉽게 사용하지 않는 두 부자가 대단하다 느꼈고, 앞으로의 행보가 심히 궁금해졌다.

"어쨌든 그대는 위기에 처한 우리 가국을 구했네. 태고의 신물을 받을 자격은 차고도 넘치지."

"…정녕 제가 이것을 받아도 되겠습니까?"

"부담스러운 겐가?"

솔직한 심정으론 받고 싶은 마음이야 당연히 있었다. 어떤 식으로든 도움이 될 것이 분명하기 때문이다.

어쩌면 정령들을 상급으로 진화시키는 데 보탬이 될 수도 있었고, 혹은 펜던트에 대한 비밀을 풀 수 있는 열쇠가 될 수도 있었다.

무엇이 되었든 바율의 입장에선 두 팔 벌려 환영할 만한 선물이었다.

"그런 거라면 크게 부담 갖지 말게나. 사실 이게 어디에 쓰이는 물건인지 우리도 아는 바가 없거든."

"그게…… 무슨 뜻입니까?"

"말보다는 보는 게 빠를 것 같군."

무무왕이 눈짓하자 시종이 들고 있던 나무 상자의 윗면을 열었다. 삐걱대며 열리는 소리가 상자의 연식을 짐작게 했다.

"안에 뭐가 들은 거야?"

일행의 온 관심이 상자 안으로 쏠렸다. 로건이 열심히 통역해 준 덕에 에이단도 예외는 아니었다.

"…촛불?"

상자를 열자 일행을 처음 맞이한 것은 환한 빛이었다. 투명한 유리 케이스 안에 주먹만 한 크기의 까맣고 넓적한 돌이 있었고, 그 중앙에 돋아난 심지에서 붉은빛이 일렁거리고 있었다.

"무무왕 전하, 이것이 무엇입니까?"

"우리는 그걸 가리켜 꺼지지 않는 불이라고 하지."

"꺼지지 않는…… 불이라고요?"

"시험해 볼 텐가?"

무무왕의 신호에 물이 담긴 커다란 그릇이 바로 놓였다.

"그 불을 넣어 보시게나."

"이 유리 케이스는 벗겨야겠지?"

얼떨떨해하는 바율과 달리 일라이는 다소 흥분해 있었다. 레드 드래곤인 그에게 불이란 아주 친근한 것 중 하나였다.

그리고 세상에 꺼지지 않는 불은 없다는 게 그의 지론이었다.

레드 드래곤은 뜨거운 불의 기운을 브레스로 뿜어낸다. 엄청난 열기와 에너지가 그 속에 담겨 있지만, 그 브레스역시 언젠가는 식기 마련이었다.

드래곤의 브레스가 그럴진대, 꺼지지 않는 불이라니. 아무리 주신의 신물이라고는 하나 일라이는 믿기 힘들었다.

"내가 직접 담가 볼게."

일라이의 솔선수범에 아무도 말리지 않았다. 대부분은 그 까닭을 알기 때문이었다.

퐁당!

유리 케이스에서 벗어난 신물이 차가운 물 속으로 쏙 들어갔다.

"헐! 진짜 안 꺼진다!"

"촛불이 멀쩡해!"

"왜 완전히 잠겼는데도 안 꺼지지?"

촛불은 물속에서도 흔들림 없이 꿋꿋하게 타오르고 있었다.

"참고로 그 불은 폭우가 쏟아져도 꺼지지 않더군."

사다함 태자의 부연에 일라이가 아예 물속으로 손을 깊이 담갔다. 그리고 엄지와 검지를 이용해서 심지를 잡아 억지로 꺼뜨려 보려고 시도했다.

그러나 그가 원하는 결과는 결국 나오지 않았다.

무무왕의 말은 진실이었다.

꺼지지 않은 불. 주신이 아니라면 누구도 만들지 못할 작품임이 분명하다. 일라이는 신물에서 물러나는 것으로 그 능력을 인정했다.

"스피넬."

바율은 마지막으로 불의 정령인 스피넬을 호출했다. 현재 왕궁에서 가장 불씨가 바쁘게 쓰이는 곳은 주방이었다. 그곳 아궁이에서 자리를 잡고 쉬고 있던 스피넬이 한달음에 날아와 모습을 드러냈다.

온몸이 불꽃으로 뒤덮인 스피넬의 외모는 일순간에 사람들의 주목을 끌어당겼다. 불의 정령을 처음 보는 이들 중 심약한 이는 활활 타오르고 있는 녀석의 모습에 깜짝 놀라 정신을 잃기도 하였다.

"이 불, 알아보겠어?"

스피넬은 고개를 갸웃하며 신물을 물속에서 꺼냈다. 그녀의 손이 물에 닿자 '치이익' 소리와 함께 수증기가 피어올랐다.

신물을 얼굴 가까이 가져와 이리저리 살피는 그녀의 미간에는 알 듯 모를 듯한 주름이 생겨났다.

"송구하지만, 저보다는 저자가 더 잘 알 것 같기도 합니다."

스피넬의 시선이 향한 곳에는 무무왕이 등장했건 말건 입으로 뭔가를 처넣기에 급급한 데스 형제가 있었다.

"저자는 란데르트 백작, 그대의 호위 기사가 아닌가? 한데 그런 그가 어찌 신물에 대해 안다는 건지 의문이군."

바율은 여태껏 일행과 제국어를 사용했고, 무무왕은 내

내 가국어로 말했다. 한데 그들의 대화를 알아듣는 것을 보니 그 또한 제국어에 능통한 것이 분명했다.

"데스라고, 아주 능력 있는 기사입니다. 매우 박학다식한 편이라서 종종 도움을 받고는 합니다."

"오오, 그래?"

"네, 전하. 하지만 지금은 그냥 두는 게 좋을 듯합니다."

"그건 어째서 그런가?"

"식사 중에 방해받는 걸 매우 싫어하거든요. 그에겐 차차 묻기로 하겠습니다."

"그렇다는 건, 나의 선물을 받아 주겠다는 뜻인가?"

"제가 자격이 된다면 감사히 받도록 하겠습니다."

바율은 더 이상 빼지 않았다. 무려 태고의 신물이다. 아직 어떤 힘이 숨겨져 있는지는 모르나, 일라이의 양부인 라예가르라면 알고 있을 확률이 높았다.

그에게 가져가서 꺼지지 않는 불꽃의 비밀을 풀어내고, 그 힘을 이용할 수만 있다면 바율에겐 더없이 큰 도움이 될 터였다.

"고맙네! 정말 고마워!"

바율이 선뜻 선물을 받지 않아 내심 속이 타들어 가던 무무왕이었다. 선조로부터 내려오던 귀한 신물을 내어 주기까지의 결정이 쉽지는 않았지만, 바율은 그것을 받을 자격이 충분했다.

"저야말로 이런 귀한 걸 주셔서 진심으로 감사드립니다. 꺼지지 않는 불에 대한 비밀이 풀리면 꼭 연락드리지요."

"안 그래도 그 말을 하려던 참이네. 내가 또 궁금한 건 참지를 못하는 성미거든. 휘월이 나의 그런 점을 닮았지."

"아바마마."

행여 무무왕이 쓸데없는 말을 늘어놓을까 걱정이 되었는지 휘월 공주가 재빨리 끼어들었다.

"란데르트 백작님, 먼 곳까지 와 주셔서 정말 감사했습니다. 이전처럼 베르가라에서 다시 뵐 수 있다면 더 반갑게 인사 올리겠습니다."

"저야말로 다시 한번 고맙단 말씀 전하고 싶네요. 제국에서 다시 휘월 공주님을 뵙게 된다면 저 역시 더욱 반갑게 인사드리겠습니다."

그녀가 아니었더라면 무무왕과 그의 자식들에게 꽤 시달림을 받았을지도 모른다. 아버지와 오빠들의 심리를 진즉에 깨닫고 방어에 나서 준 그녀에게 바율은 진심으로 감사했다.

"부디 안녕히 돌아가세요. 다시 뵐 날까지 무탈하시길 바랍니다."

그것이 마지막이었다. 바율은 휘월 공주와의 작별 인사를 시작으로 가국의 왕족과 대신들에게 심심한 안녕을 고했다.

　그리고 다음 날, 사다함 태자의 배웅을 받으며 마침내 가국을 떠나 제국으로 향했다.

Chapter 8.
신물의 반응

1.

뿌우우우―

물살을 가르며 배가 나아갔다. 기란항에서 바율을 태운 범선이 출발하자 사다함이 손을 흔들며 소리쳤다.

"바율! 다음에 또 보자!"

바율은 고개를 숙이는 것으로 인사를 대신했다. 그런 그의 옆에서 일라이가 퉁명스럽게 말했다.

"그럴 일이 또 있을까나?"

"라이, 넌 아직도 꽁해 있는 거냐?"

"원래 첫인상이 무지 중요한 법이야. 내가 너희들 봐주고 있는 것도 다 그 첫인상이 마음에 들어서 그랬던 거라고."

"첫인상? 그게 어땠는데?"

"이제 와서 새삼스럽게 뭘 묻냐? 알 거 없다."

옛일을 꺼내서 얘기하자니 일라이는 다소 멋쩍었다. 그리고 지금은 그게 중요한 것도 아니었다.

무무왕이 준 꺼지지 않는 불.

레드 드래곤인 일라이의 온 관심은 거기에 가 있었다.

"대체 그 신물은 어디에 쓰이는 걸까?"

선실에 모인 친구들은 탁자 중앙에 그것을 올려 두고 골몰히 생각에 잠겼다. 낡은 나무 상자에서 꺼낸 촛불은 타다닥 소리까지 내며 타오르고 있었다.

"바율, 나 불렀어?"

데스가 부름을 받고 선실로 들어선 것은 그때였다. 이곳까지 오는 동안 함께한 사다함 태자 때문에 일행은 미처 그에게 물을 새가 없었다.

"데스에게 물어볼 게 있어서요."

"그 초에 대해 말이지?"

"네."

데스도 대충은 들어서 알고 있었다. 태고의 신물은 마계에도 있는 물건이었고, 총사령관인 데스는 그것과 접촉할 기회가 상대적으로 많은 편이었다.

"흐음."

데스는 일라이가 그랬던 것처럼 심지에 손을 먼저 갖다 대었다. 역시나 손가락을 이용해서 꺼 보려고 했지만, 잠시 주춤하던 불씨가 순식간에 다시 살아났다.

파핫!

그때 데스가 순간적으로 마력을 방출했다.

그 때문이었을까?

조용히 존재감을 발휘하고 있던 신물의 불씨가 까만 연기를 태우며 자취를 감췄다.

"어? 이게 왜 이래?"

하지만 그뿐이었다. 다시금 언제 그랬냐는 듯 화락 불길이 치솟았다.

"내 마력에도 꺼지지 않는 걸 보면 신물은 확실한 것 같네. 그 이상은 나도 모르겠어."

"이봐, 내가 이럴 줄 알았다니까. 나도 모르는 걸 멍청한 마족이 어떻게 알겠어?"

비꼬는 일라이를 한 차례 노려본 뒤 데스가 바율에게 신물을 밀었다.

"네가 먼저 보는 게 어때?"

"…제가요?"

"네 안에 전대 정령왕들의 힘이 깃들어 있잖아. 혹시 알아? 뭔 반응이라도 나타날지."

"그래, 바율. 넌 여태 그냥 보기만 했었잖아. 얼른 해 봐!"

친구들의 부추김에 바율은 얼결에 불씨로 손을 가져갔다.

'뜨겁지는 않네.'

모두에게 그런 건지, 아니면 정령왕의 기운 때문인지 화기는 전혀 느껴지지 않았다. 오히려 따스한 게 기분 좋은 느낌이었다.

"…응?"

그런데 언제부터였을까.

바율이 이런저런 시도를 해 보는 사이에 펜던트에서 은은한 빛이 새어 나왔다. 그러더니 별안간 신물의 불꽃이 전과 달리 세차게 불타올랐다.

"뭐, 뭐야?"

갑작스러운 불길에 놀란 일행은 황급히 뒤로 물러났다.

"바율!"

하지만 바율은 그대로 멈춰 있었다. 선실 안을 전부 태워 버릴 듯한 기세로 불길이 거세지고 있었지만, 바율에게는 어떤 영향도 끼치지 못했다.

"…통하고 있어."

바율은 느낄 수 있었다.

펜던트와 촛불.

두 신물이 마치 이야기를 나누듯 서로에게 반응하고 있었다.

"바율! 바율!"

펜던트와 촛불 간에 어떤 연관이 있을지도 모른다는 생각이 들자 바율은 흥분을 감추지 못했다. 어쩌면 어머니의 목소리를 다시 듣게 될 수도 있었다. 기대감이 바율을 완전히 사로잡았다.

"야, 정신 차려!"

"이러다 배가 홀라당 다 타 버리겠어!"

바율이 상념에 빠진 사이에 꺼지지 않는 불씨는 점점 더거세졌다. 오죽하면 아예 선실을 집어삼킬 기세였다. 다행히 아직까지는 퀸이 물의 힘으로 버티고 있었지만, 자칫 잘못하다가는 배 전체로 불이 번질 수도 있었다.

"아, 진짜! 그만하라니까!"

결국 불과 가장 친근한 일라이가 나설 수밖에 없었다. 녀석이 불구덩이에 갇혀 있는 바율의 어깨를 흔들어 정신을 깨웠다.

"…라이?"

"얼른 그 초에서 손 떼!"

일라이가 바율에게서 신물을 뺏어 탁자에 내려놓았다.

그러자 활활 타오르던 화마의 세기가 순식간에 훅 줄어들었다.

"으아! 뜨거워서 죽는 줄 알았네!"

에이단이 숨을 몰아쉬며 선실의 문과 창을 모조리 열었다.

"템페스타! 근처에 있으면 바람 좀 보내 주라!"

휘이잉.

어디서 뭘 하는지 대답은 없었지만, 곧바로 시원한 바람이 불어닥쳤다.

"고마워!"

에이단은 붉게 달아오른 얼굴을 창문틀에 걸친 채 허공을 향해 소리쳤다.

그제야 자신이 무슨 짓을 저질렀는지 깨달은 바율은 뒤늦게 아차 싶었다.

"이런, 미안해! 미처 생각을 못 했어. 내가 느끼기에 뜨겁지가 않아서 너희들도 그런 줄 알았나 봐."

"바율, 애들이 너랑 같냐? 에이단과 로건은 평범한 인간이라고. 다음부터는 주의 좀 해."

"응, 라이. 도와줘서 고마워."

"이쯤이야 뭐."

말로는 바율을 나무라고 있지만, 일라이가 너도 놀랐으

니 진정하라는 듯 바율의 등을 쓰다듬었다. 선실 안이 군데 군데 약간 검게 그을린 것만 빼면 물건들도 전부 상태가 양 호했다.

"그런데, 통한다는 게 무슨 뜻이지?"

그때 한쪽 벽에 비스듬히 기댄 채 모든 상황을 말없이 지 켜보던 데스가 불쑥 물었다.

"그 펜던트랑 촛불이 연결되어 있다는 소리인가?"

"네, 맞아요. 서로를 알아보는 것 같았어요!"

"서로를 알아보는 것 같다고?"

"응! 대화를 나눈다거나 뭐 그런 건 아니지만, 분명하게 반응했어. 내가 촛불을 만진 순간 펜던트에서 울림이 전해 졌거든."

"신물끼리의 반응이라…… 원래 이런 경우가 자주 있나 요, 데스?"

에이단이 또 데스를 붙잡고 물어보았다. 하지만 데스는 본디 이러한 것에 관심을 두는 편이 아니었다. 그가 모르겠 다는 듯 작게 어깨를 으쓱였다.

"근데, 가만 생각해 보면 묘하지 않아?"

"묘하다니? 뭐가?"

갑작스러운 로건의 말에 친구들의 고개가 돌아갔다. 로건 은 말수는 적었지만, 핵심을 찌르는 말을 할 때가 많았다.

"바율의 펜던트는 물방울 모양을 하고 있어. 당연히 물과 관련이 있겠지?"

끄덕.

"그리고 이 꺼지지 않는 불꽃 역시 불과 관계가 있을 거야. 물과 불. 둘 다 사대 원소잖아."

"그래서……?"

"혹시 이 두 개가 서로 반응을 한다는 건…… 나머지 두 개도 찾아봐야 하는 거 아닐까?"

"나머지 두 개라면, 바람과 땅?"

"응. 그와 관련된 신물이 더 있다면, 네 개가 모두 만났을 때 어떤 일이 생길 수도 있지 않겠어? 물론 그냥 내 개인적인 의견이야. 좀 전에 불길이 타올랐을 때 잠깐 이런 생각이 들었었어."

"아니야, 로건. 나도 네 말이 맞는 것 같아."

에이단이 창틀에서 벗어나며 로건의 말에 동의했다.

"두 신물이 서로를 알아보았다며. 다른 두 개의 신물도 틀림없이 그럴 것 같아. 네 개가 한곳에 모였을 때 어떤 변화가 생길지 갑자기 엄청 궁금해진다!"

"그러다 아무 일도 없으면?"

"없으면?"

"어, 괜히 기대했다가 실망하는 꼴이잖아."

퀸은 다소 부정적이었다.

"그리고 그 신물들을 다 어디서 구할 건데? 이 꺼지지 않는 불도 가국에서 선물로 주지 않았다면 얻지 못했을 거라고. 존재도 몰랐겠지."

무려 주신의 하사품이었다. 그런 귀한 걸 두 개나 더 구해야 하는데, 일행은 어디서 뭐부터 시작해야 하는지 방법조차 몰랐다.

"그 비슷한 게 마계에 하나 있긴 한데."

데스가 시큰둥한 목소리로 끼어든 것은 그때였다.

"…데스?"

"바람인지 땅인지 기억은 안 나."

"본 건 확실하고요?"

"응, 대충 봐서 기억이 희미하기는 하지만 맞을 거야."

"그거 갖고 올 수 있어?"

일라이의 질문에 데스가 잠시 생각하는 듯하더니 말했다.

"안 될걸?"

"에이 씨, 지금 징닌해? 갖고 오시도 못할 거면서 얘기는 왜 꺼내?"

"훔치면 되잖아."

"우리보고 신물을 훔치라고? 마계에 가서?"

"그럴 배짱은 없나 보지?"

"이, 이 미친 마족을 보았나! 그걸 지금 말이라고 하는 거야? 우리끼리 마계에 가라는 것도 어처구니가 없는 마당에, 뭐? 도둑질까지 하라고? 당신 오늘 여기서 죽어 볼래? 앙?"

데스의 도발에 일라이는 오랜만에 꼭지가 돌았다. 근 한 달을 마족과 붙어서 지냈더니 인내심의 한계가 온 것 같기도 했다.

"라이, 진정해. 데스가 농담한 거야."

"농담할 게 따로 있지. 바율, 넌 이게 농담으로 들리냐?"

아니. 솔직히 바율도 농담 같지는 않았다.

하지만 우선은 일라이를 말리고 봐야 했다.

"그럼 거래를 하든가."

일라이가 소리를 지르든 말든 초연함을 유지하고 있던 데스가 이번엔 다른 걸 제안했다.

"…거래요?"

"마계에서 원하는 걸 얻어 내는 방법은 두 가지야. 뺏든가, 상대가 바라는 것을 주고 받아 오든가."

"바라는 게 뭔데요?"

"글쎄. 그건 내가 아니라 마황에게 물어봐야겠지?"

마계에서 마황은 절대 권력자였다. 태고의 신물은 그의

관리하에 있었고, 그것을 줄지 말지는 온전히 그의 뜻에 달렸다.

"진짜 돌아도 단단히 돌았군. 마황이 어떤 작자인데 바율 보고 거래를 하라는 거야? 그 냉혈한에게 바율을 갖다 바치기라도 하겠다는 소리야? 진짜 오늘 여기서 끝장 좀 봐 볼까?"

드래곤인 일라이에게 마족은 혐오의 대상이었다. 그러니 마황은 그 혐오의 끝판왕이나 마찬가지인 셈이었다.

"싫으면 관둬. 난 그냥 방법을 알려 줬을 뿐이니까."

"아니요! 알려 주세요!"

"……?"

"어떻게 하면 마황과 거래를 할 수 있죠?"

"바율! 너 미쳤어? 진짜 마황이랑 거래를 하겠다고?"

일라이뿐 아니라 친구들도 깜짝 놀라 바율을 만류했다.

"마황이 너한테 뭘 원할지 알고 그런 무서운 소리를 해! 안 돼!"

"일단 물어볼 수는 있잖아. 내가 줄 수 있는 거라면 그걸 내어 주고, 신물을 받아 낼 거야."

그러면 어머니를 빨리 만날지도 모른다고.

바율은 애써 속마음을 삼킨 채 친구들을 바라보았다.

"마황이 너한테 뭘 달라고 할 것 같은데? 설마 순진하게 네 목숨, 뭐 이런 걸 생각하는 건 아니지?"

목숨을 거는 게 순진한 거라고?

일라이의 말에 다들 경악을 금치 못하는데, 녀석이 덧붙였다.

"마황 크루델리스! 그 작자는 네 영혼을 갉아먹을 거야! 네 영혼과 이어진 모든 것들을 탐낼 거라고! 마족과 얽히는 건 여기서 끝내야 해!"

"언제 내 형을 만난 적이라도 있나?"

"…형?"

"마황에 대해 잘 아는 것 같아서 말이야."

데스가 알기로 크루델리스는 인간계에 직접 나선 적이 없었다. 그런데 일라이의 말투는 꼭 이전에 그를 본 적이 있는 듯했다.

"그러니까…… 마황이 당신 형이라는 거야, 지금?"

"오랜만에 불러 보는 호칭이긴 하군."

'그날' 이후로 데스는 절대 형이라는 단어를 사용하지 않았다. 방금 전에는 자신도 모르게 헛나왔다.

"마황과 형제면, 데스도 황족이에요?"

에이단의 엉뚱한 발상에 데스가 피식 웃었다.

"마계에서 그딴 건 별로 중요하지 않아. 오로지 강자와 약자로 구별할 뿐이지."

"그건 우리도 마찬가지야."

그때 선실의 열린 문 너머에서 날카로운 음성과 함께 누군가 나타났다.

"잘들 있었나?"

"…세라리카 교수님?"

의외의 방문자는 일전에 아카데미 마법학부 교사로 채용되었다가 라예가르에 의해 쫓겨난 드래곤, 세라리카 교수였다.

그녀가 두 눈에 악의를 드러낸 채 성큼 안으로 들어왔다.

"다, 당신이 여긴 어떻게……?"

"내가 여기에 어떻게 왔는지가 궁금해? 왜 왔는지는 아니고?"

세라리카는 이전에도 그랬지만, 여전히 일라이를 증오하는 눈빛이었다. 광룡 라노스의 피를 이었다는 이유만으로 같은 드래곤인 일라이를 이토록 경멸하는 그녀가 바율은 도무지 이해가 가지 않았다.

"왜…… 오신 겁니까?"

일라이는 자기도 모르게 꿀꺽 침을 삼켰다. 전혀 예상치 못한 등장이었거니와, 과거를 돌이켜 보면 그녀와의 만남이 좋았던 적은 단 한 번도 없었다.

이번에는 또 어떻게 자신을 괴롭히려고 할지 자못 긴장되었다.

"킬리안. 원로원의 호출이다."

"…뭐라고요?"

"귓구멍이 막혔니? 원로원에서 널 찾고 있다고."

"이유가…… 무엇입니까?"

"나도 몰라."

세라리카의 무덤덤한 대답에 일라이의 눈동자가 일순 가늘게 빛났다.

"거짓말이군요."

"감히 날 의심하는 것이냐?"

"원로원은 정당한 이유 없이 절 호출할 수 없습니다."

"네까짓 게 뭔데 이유가 필요하지?"

"로드의 아들이니까요."

일라이가 세라리카를 똑바로 마주하며 힘주어 말했다. 진실을 알게 된 이후로 늘 부정해 왔지만, 이것만큼 그에게 방패막이 되어 주는 것도 없었다.

지금도 당당히 요구하던 세라리카의 얼굴이 붉으락푸르락 변해 가고 있었다.

"로드의 아들? 웃기시네! 네 친부는 미친 드래곤, 라노스라는 걸 잊은 거냐?"

"아니요. 덕분에 너무나 잘 기억하고 있습니다. 잠들기 위해 눈을 감으면, 매 순간 잊지 않고 저를 찾아오지요. 그러니 걱정 마십시오. 그 세계로 돌아갈 일은 없을 겁니다."

스스로 버린 곳이었다. 어쩌다 양부인 라예가르와 다시 살고는 있지만, 아카데미를 졸업할 때까지만이었다.

"네가 돌아오지 않는 걸로 해결될 문제였으면 내가 이렇게 직접 오지도 않았지."

세라리카의 입가가 실룩였다.

"넌 존재하는 것 자체가 문제거든. 말을 듣지 않으면 억지로라도 데려가겠다. 네가 날 감당할 수 있을까?"

"그럴 수 없습니다!"

"라이를 건드리지 마세요!"

"우리가 가만히 있지 않을 겁니다!"

바율과 친구들이 약속이라도 한 듯 동시에 일라이의 앞을 막아섰다.

"훗, 기가 차는군."

그 모습이 제법 가상했다만, 그 덕분에 세라리카는 심기가 더욱 불편해졌다.

"내가 누군지 그새 잊은 거니?"

그녀의 얼굴에서 미소가 사라졌다. 푸른 머리칼이 공중에서 위협적으로 나부꼈다.

이제껏 느껴 보지 못했던 거대한 무형의 기운이 마치 목을 조르듯 그들을 향해 다가오고 있었다.

"우리가 기억해야 할 만큼 당신이 중요한 사람입니까?"

"뭐야?"

드래곤인 세라리카의 무시무시한 협박 앞에서도 바율은 굴하지 않았다. 강자라는 이유만으로 약자를 괴롭히는 그녀와 같은 부류를 바율은 가장 경멸했다. 아버지께서도 이런 자들과는 절대 타협하지 않으셨다.

"당신이 아무리 드래곤이라고 해도 우리를 쉽게 어쩌지는 못할 겁니다."

"호오, 그래? 못 본 사이에 제법이네. 내 기운을 막을 줄도 알고."

일행의 숨통을 끊어 낼 것처럼 쏟아지던 기운이 어느 순간 바율에 의해 차단되었다. 온 힘을 다한 것은 아니었지만, 겨우 인간에게 제지를 당했다는 것에 세라리카는 잠시나마 어이가 없었다.

"아마 계속, 더 놀라게 되실 겁니다. 그게 싫으시면 이만 물러나 주십시오."

바율은 예를 갖춰 세라리카에게 말했다.

"꼴에 사대 원소를 다스리는 정령사다, 그거니?"

"이제 정령들도 다들 중급이 되었다고요! 크게 혼나시기

전에 어서 물러나시죠!"

"푸하! 내가 크게 혼날 거라고?"

세라리카가 박장대소를 터뜨렸다. 태어나서 이보다 웃긴 말은 들어 본 적이 없었다.

"킬리안."

그녀가 정색하며 일라이를 불렀다.

"네 친구들도 하나같이 너처럼 멍청하구나. 대체 행동을 어떻게 했길래 그러니?"

"제 친구들에 대해 함부로 말하지 마십시오!"

"천박한 핏줄이라도 드래곤은 드래곤인데, 네가 얼마나 변변찮게 굴었으면 감히 나를 이리 대할까?"

"으아아!"

갑자기 배가 요동쳤다. 예고도 없이 배가 크게 출렁이자 다들 중심을 못 잡고 비틀거렸다.

"어어?"

그때 에이단의 눈에 선실 너머로 무언가가 보였다.

"얘, 얘들아!"

녀석의 목소리는 잔뜩 겁에 질려 있었다. 그럴 만도 했다. 강물이 배의 난간 위로 치솟은 채 다가오고 있었으니까.

"무섭니?"

세라리카가 입꼬리를 올리며 물었다. 하지만 그녀의 눈은 웃고 있지 않았다. 오히려 그 어느 때보다 더 잔인하고 표독스럽게 빛났다.

"킬리안. 드래곤이 되어서 한낱 인간의 뒤에 숨다니, 창피한 줄 알아라."

"숨긴 누가 숨었습니까? 친구인 우리가 녀석을 지키려고 했을 뿐입니다."

"…지켜?"

세라리카 입장에선 참으로 건방진 말이었다. 그러나 퀸의 말은 아직 끝난 게 아니었다.

"그리고 창피는 라이가 아니라 성룡인 당신이 느껴야지요. 헤슬링을 상대로 이게 뭐 하는 짓입니까? 이사장님이 아시면 가만히 계시지 않을 텐데요!"

라예가르를 거론하자 세라리카의 눈빛이 작게 흔들렸다. 자세한 사정이야 모르겠지만, 그녀가 일라이를 이토록 증오하는 이유는 라예가르와 연관이 있는 게 틀림없었다.

"흥, 어차피 눈 밖에 났는데 무슨 상관이야."

하나 세라리카는 이곳으로 오기 전 이미 마음의 결정을 내린 상태였다. 한때 그녀가 가장 존경하고 원했던 이는 더 이상 존재하지 않았다.

게다가 미움이야 지금도 실컷 받고 있질 않은가.

여기서 더 보태진다고 해서 크게 달라질 건 없었다.

"마지막 경고다. 괜히 친구들까지 위험하게 만들지 말고 따라와."

"가면…… 나만 가면 아무 문제 없는 겁니까?"

"라이!"

"가긴 어딜 가! 미쳤어?"

"안 돼! 절대로 못 가!"

일라이의 말에 깜짝 놀란 친구들이 녀석을 더욱 좁게 에워쌌다. 에이단은 아예 일라이의 팔을 붙잡았다.

"나도 가기 싫지만…… 너희들을 다치게 할 수는 없어."

"우리는 괜찮아! 우리가 힘을 합치면 막아 낼 수 있을 거야!"

"훗, 너희는 진짜 바보들이야."

일라이가 돌연 피식 웃었다. 어쩐지 자조가 섞인 미소였다.

"상대는 드래곤이라고. 너희가 어쩔 수 있는 존재가 아니야."

"라이, 그래도……."

"광룡 라노스. 내 친부가 미쳐서 날뛴 덕분에 사라진 나라가 수십 개야. 드래곤의 힘을 얕보지 마."

인정해야 할 건 인정해야 했다. 여기 있는 그 누구도 세라리카의 적수가 될 수 없다. 그녀는 한다면 할 것이고, 그 과정에서 많은 희생을 치를 터였다. 일라이는 그걸 두고 볼 수 없었다.

"그, 그래도! 우리에겐 데스가 있다고! 데스가 지켜 줄 거야!"

그는 무려 마신이었고, 마계의 총사령관이었다. 세라리카 정도는 쉽게 저지할 수 있을 거라고 에이단은 거의 맹신했다.

"그렇죠, 데스? 드래곤은 데스의 상대가 안 되는 거 맞죠?"

"나와 어울릴 급은 아니지."

잠자코 상황을 지켜보고만 있던 데스가 가소로운 듯 세라리카를 바라보았다. 그에 에이단의 표정이 밝아지는 찰나, 그가 덧붙였다.

"하지만 나와는 관계없는 일이다. 하물며 드래곤들의 문제에는 더욱 끼고 싶지 않아."

"정신이 완전히 나가지는 않았나 보군. 내가 뭐 하나 알려 줄까? 지금처럼 쭉 인간계에서 지내려면 몸 사리는 게 좋을 거야. 당신 때문에도 로드의 입지가 아주 곤란해졌거든."

아무짝에도 쓸모없는 놈들 때문에 왜 그가 그런 대접을

받아야 하는지.

세라리카가 가장 화나는 부분은 그것이었다.

"아무튼, 얌전히 있겠다고 하니 나로서는 편하게 됐네."

세라리카의 입가가 만족스럽게 휘어졌다.

"자, 킬리안. 그럼 이만 갈까?"

"아니요! 라이는 여기서 한 발자국도 나서지 않을 겁니다!"

데스의 배신(?)에 에이단이 망연자실할 때, 바율이 팔을 뻗어 일라이를 제지했다.

"바율……."

"날 믿어 봐, 라이. 난 절대로 너 포기 못 해."

그건 바율이 스스로에게 하는 말이기도 했다. 드래곤인 세라리카의 힘이 어느 정도일지 바율은 알지 못한다. 그래서 두려웠다.

하지만 그에게는 전대 정령왕의 힘이 숨겨져 있었다. 그것도 하나도 아닌 넷이.

그 힘을 끌어낼 수만 있다면, 세라리카에게서 일라이를 지킬 수 있을지도 몰랐다.

내게 힘을 빌려주세요.

바율은 마음을 다잡으며 세라리카를 차갑게 응시했다.

"포기 못 하는 건 나 역시 마찬가지야."

블루 드래곤인 세라리카의 능력에는 미치지 못하겠지만, 인어족인 퀸에게는 태고의 신물, 대양의 눈이 있었다.

그가 물의 기운을 극대화하며 전투태세로 돌변했다. 에이단과 로건 또한 각자의 방식대로 일라이를 지키기 위해 방어 자세를 취했다.

"너, 너희 진짜……!"

일라이의 속에서 무언가 끓어올랐다. 드래곤을 눈앞에 두고서도 도망치지 않는 친구들의 용기에 진심으로 놀라고 감격했다.

"이제 보니 멍청한 것뿐 아니라, 무모하기까지 하군."

세라리카가 헛웃음을 지었다. 자신의 정체를 알고서도 이럴 수 있다는 건 세상 물정 모르는 애송이여서이리라.

"죽고 싶어서 환장한 모양인데, 기꺼이 도와주지."

촤아아아!

강물이 더욱 높게 솟구쳤다. 배가 크게 출렁였지만, 그건 문제도 아니었다.

"허억!"

순식간에 수백, 수천 개의 날카로운 창검으로 변한 물이 일행을 겨누고 있었기 때문이다. 저 창검에 맞았다가는 그대로 이승과 작별하게 될 게 분명했다.

"란데르트 백작님!"

"도련님! 무슨 일입니까?"

이언과 맥 보좌관, 만월 기사단이 달려온 것은 그때였다. 이상함을 감지하고 황급히 바율을 찾아온 그들은 살벌한 분위기에 멈칫했다.

"…누구십니까?"

그리고 세라리카를 처음 보는 맥이 그녀에게 신분을 물었다. 이때까지만 해도 그는 당연히 바율이 물의 창검을 만들었다고 여겼다. 그것들이 바율과 친구들을 겨냥하고 있기는 했지만, 물을 조종하는 능력은 정령사인 바율만이 가능한 일이라고 확신했기에 그렇게 생각할 수밖에 없었다.

하나 이언은 달랐다.

그는 이미 일전에 타락의 숲 오두막에서 그녀를 대면한 전적이 있었다. 당시 그녀는 일라이와 데스에게 줄곧 적대적이었고, 죽여 버리겠다는 말도 서슴없이 내뱉었다.

무엇이 그녀의 화를 돋우었는지 모르겠지만, 심각하고 위험한 상황임을 바로 인지했다.

"도련님, 물러나십시오!"

이언이 즉시 바율의 앞을 막아섰다. 인간인 그가 드래곤의 상대가 될 리 없겠으나, 그래도 호위 기사로서의 본분을 망각하지는 않았다.

"쯧쯧, 인간들이란 역시 어리석기 짝이 없구나."

세라리카는 절로 혀가 차졌다.

"킬리안, 이 모든 것은 네가 자초했다. 그러니 원망을 하려거든 스스로를 탓해. 네 친부처럼 남 탓하지 말고. 알겠니?"

"내 친구들 손끝 하나라도 건드렸다간, 당신…… 가만두지 않을 거야."

자신을 위해 이토록 적극적으로 나서 주는 녀석들을 위해서라도, 일라이 역시 더는 물러서지 않을 생각이었다. 여전히 그녀가 무섭고 두렵지만, 자신은 레드 일족의 피를 이었다.

레드 일족이 드래곤 사회에서 천덕꾸러기 신세가 된 것은 그들이 너무나 강력했기 때문이었다. 들끓는 힘을 주체하지 못해서 사고만 치지 않았다면, 골드 일족처럼 조금만 더 신중하고 현명했더라면 이렇게까지 입지가 좁아지지는 않았을 것이다.

"난 레드의 마지막 혈통이다. 우리의 힘을 보여 주지."

블루 일족과는 상극이었지만 최선, 아니 죽을힘을 다해 맞서 싸울 참이었다.

"데스, 리타와 승객들을 부탁할게요."

이 배 안에는 그들만 있는 것이 아니었다. 가국에서 캔자스시로 향하는 많은 사람들이 타고 있었다. 세라리카를 상대하며 그들까지 챙길 여유는 없기에 바율은 전투에 나서지 않을 데스에게 부탁했다.

"리타라면 염려 마."

리타는 이미 마족 셋에게 둘러싸인 채 선실에서 편안히 쉬는 중이었다. 밖의 상황을 알 만한 거리라곤 죄다 차단했기에 그녀는 무슨 일이 벌어지고 있는지조차 모르는 상태였다.

"내가 너무 봐준 모양이야. 이 판국에 남을 다 걱정하고."

이쯤 되니 드래곤으로서는 거의 모욕에 가까웠다. 잠잠하던 그녀의 기운이 아름다운 미소와 함께 폭주하기 시작했다.

대기의 움직임이 그녀를 중심으로 돌아갔다. 공중에 멈춰 있던 물의 창검이 엄청난 속도로 일행을 향해 쏘아졌다.

"실드!"

일라이는 재빨리 실드를 펼쳐 친구들을 보호했다. 마치 유리 조각이 깨지듯 쨍그랑 소리를 내며 창검들이 산산이 부서졌다.

하지만 일라이가 친 실드의 막에도 점점 금이 갔다. 계속해서 겹겹이 실드를 생성했지만, 날아오는 수가 너무 많았다.

"핫!"

그때 이언과 만월 기사단이 나섰다. 그들은 그리 넓지 않은 선실 안에서 이리저리 뛰어다니며 세라리카의 공격을 쳐 냈다. 기사단의 움직임은 평범한 이의 눈으로는 좇을 수 없을 정도로 가히 대단했다.

그러나 그걸 비웃기라도 하듯 물의 창검은 더욱 빠르고 매섭게 일행에게로 달려들었다. 어디 해볼 테면 해보라는 식이었다. 세라리카에겐 이 모든 게 마치 우스운 장난인 것 같았다.

그것이 바율을 자극했다.

남의 생명을 갖고 노는 그녀를 보고 있노라니 여지없이 분노가 치밀어 올랐다.

'이노센트!'

바율은 이노센트를 불렀다. 지금은 녀석과 힘을 합쳐야 할 때였다. 물은 바율이 가장 먼저 각성한 힘이었다. 때문에 더욱 지기 싫었다.

'어머니!'

펜던트를 손에 꼭 그러쥐며 바율은 전대 정령왕의 기운을 깨웠다.

이 세계에서 자연을 조율하는 건 정령이었고, 그중 물은 물의 정령왕의 소관이었다. 바율에게는 그 왕의 힘이 담겨 있었다.

"⋯⋯!"

그렇게 시간이 얼마나 흘렀을까. 남 일인 양 히죽거리며 방관하듯 서 있던 세라리카의 안색이 어느 순간 굳어졌다.

"마, 말도 안 돼!"

어지간히 놀란 것인지 그녀는 말까지 더듬었다.

"이, 이게 어떻게⋯⋯!"

조금 전까지만 해도 바율과 일행들을 무차별적으로 공격하던 물의 창검이 돌연 방향을 바꾸었다. 분명 그녀가 만든 무기이거늘, 그녀의 의지를 무시한 채 공격 대상을 바꾼 것이다. 바로 그녀를 향해서 말이다.

"설마⋯⋯ 저, 저 아이가⋯⋯!"

짙푸른 두 개의 눈동자를 반짝이며 막대한 힘을 발산하고 있는 소년.

바율을 보는 세라리카의 얼굴이 점차 경악으로 일그러졌다.

Chapter 9.
발작

1.

"이, 있을 수 없는 일이야!"

세라리카는 블루 드래곤이었다. 물의 정령처럼 물이 그녀 힘의 원천은 아니지만, 물과의 친화력은 태어나면서부터 정해지는 너무나 당연한 것이었다.

그녀의 레어는 다른 드래곤들은 엄두도 내지 못하는 깊은 심해에 자리했고, 그곳에서만큼은 평소보다 더한 능력을 발휘할 수도 있었다.

물의 속성을 띤 마법을 발현할 때 역시 다른 마법과는 달리 더욱 강력한 효과를 내기도 했다.

물은 항상 그렇게 세라리카의 편이었다.

그런데 다름 아닌 그 물을 다루는 데 밀리고 있었다.

드래곤도 마족도 아닌, 한낱 인간에 의해서 말이다.

"인간 따위가 어떻게 이런 힘을……!"

보면서도 믿을 수가 없었다. 멸망한 정령계를 복원시킬 인간이 나타났다는 얘기는 그녀도 들었다. 라예가르의 주변을 맴돌다 보니 그 인간 주변에 찢어 죽여도 시원찮을 마족 놈들이 붙어 있다는 것까지 알게 되었고.

그래서 라예가르를 협박했다. 자신을 아카데미의 교수로 채용하지 않으면 모든 걸 원로원에 고발하겠노라고.

사실 크게 기대하진 않았다. 본디 라예가르에겐 통하지 않을 협박이었으니까.

하지만 양아들인 킬리안과 엮이면 그는 늘 의외의 선택을 하고는 했다.

덕분에 세라리카는 교수로 부임했고, 라예가르와 함께 있을 수 있었다. 그러다 옛일을 들추는 바람에 매몰차게 쫓겨났지만.

그러나 그녀는 아직 포기하지 않았다. 라예가르를 붙잡을 수만 있다면, 그를 조금 더 살게 할 수만 있다면 어떤 미움도 달게 받을 준비가 되어 있었다.

비록 예전의 그와는 많이 달라졌지만, 세라리카에게 라예가르는 쉬이 밀어낼 수 있는 존재가 아니었다.

"이제 그만 돌아가세요!"

잠시 라예가르를 떠올리는 그녀를 향해 바율이 소리쳤다. 그런 녀석의 눈은 형형하게 빛나고 있었다. 자신의 말을 듣지 않으면 가만두지 않겠다는 경고의 눈빛이었다.

"푸흡!"

세라리카는 그 모습에 갑자기 웃음이 났다. 인간에게 이런 취급을 받는 것도 웃기지만, 그보다는 자신이 녀석으로 인해 약간이나마 동요했다는 사실 때문이었다.

"내가 놀라기는 진짜 놀랐나 봐."

그렇지 않고서야 인간 따위에 심기가 흐트러지다니, 이건 있을 수 없는 일이었다.

"보아하니 확실히 평범한 인간은 아닌 것 같네."

수천 년 만에 나타난 정령사가 애초에 평범할 리는 없겠다만, 녀석에게서 전해져 오는 기운이 결코 범상치가 않았다.

"비장의 한 수를 숨겨 두었던 모양인데, 이제 내가 알았으니 소용없을 거야. 덕분에 나도 이제부터는 전력을 다할 생각이거든."

놀이는 끝이었다.

상대를 얕본 것을 인정한다.

"드래곤의 진정한 힘을 보여 주지."

말이 끝나자마자 그녀가 손가락을 가볍게 튕겼다. 그러자 다 같이 약속이라도 한 듯 일제히 바닥에 주저앉으며 비명을 질렀다.

"아악!"

"끄아악!"

바율도 예외는 아니었다. 누군가 날카로운 송곳으로 머릿속을 헤집는 느낌이었다. 극심한 통증이 데스를 제외한 전부를 사로잡았다. 선실에 있던 물의 창검 역시 순식간에 사라졌다.

"처음부터 이렇게 나갔어야 했어."

세라리카가 흡족해하며 비아냥거렸다.

"그러게 날 자극하지 말았어야지. 상대를 몰라보고 까불었다간 이렇게 혼나는 거란다."

진즉에 정신계 마법을 쓸 걸 그랬다. 마법은 드래곤의 전유물이라 불리는 만큼 그녀에겐 익숙하면서 편안한 것이었다.

그간 쌓인 게 있어서 좀 겁을 준다는 게 외려 체면만 깎였지만, 이제는 만회할 차례였다.

"후후."

"끄으아악!"

그녀의 사악한 웃음과 더불어 비명도 더 커졌다. 로건과 에이단은 고통에 몸부림치며 아예 바닥을 굴렀다. 머리가 이대로 터져 버릴 것만 같았다.

"적당히 하지?"

그때 데스가 세라리카에게 경고하듯 말했다. 그의 검은 눈동자가 언뜻언뜻 붉은빛으로 일렁였다.

"가만히 있겠다더니, 이제 와서 끼어들려고?"

"너희의 문제는 너희끼리 알아서 해결해. 나머지는 건드리지 말고."

"글쎄, 그 나머지가 누굴 말하는 걸까? 저 인간 소년?"

바율은 그나마 상태가 가장 나았다. 그가 두 손으로 관자놀이를 꾹 누른 채 세라리카를 노려보고 있었다.

그런 바율의 곁에는 어느새 사대 정령 모두가 나타나 있었다. 세라리카의 정신계 마법은 정령들에게 통하지 않는 듯했다.

"바율! 바율!"

"흐흑, 바율! 아프지 마!"

이노센트와 템페스타는 울고 있었고, 셰임과 스피넬은 주먹을 그러쥔 채 세라리카에게서 한시도 눈을 떼지 않았다. 마치 바율이 명령만 내리면 당장이라도 출동할 태세였다.

그런 녀석들을 힐긋 쳐다보곤 데스가 입을 열었다.

"내겐 아주 중요한 존재거든."

"아하?"

"그러니 볼일 마쳤으면 그만 꺼져."

"여차하면 조약을 어기고 마력이라도 쓰겠다는 소리로 들리네? 그 정도로 저 아이가 소중한가?"

마족이 인간을 그리 여길 수는 없다. 그렇기에 말을 하면서도 세라리카는 피식거렸다.

"……!"

데스에게서 엄청난 살기가 흘러나온 것은 그때였다.

"질문이 많군."

잠깐씩 붉게 일렁이던 데스의 눈동자가 이제는 완연하게 붉은빛을 띠고 있었다. 그 눈을 마주하자 오싹한 기운이 세라리카의 등골을 타고 내려갔다.

"내가 마력을 쓰면 어찌 될지 알고 싶나?"

"……."

"이제껏 느껴 보지 못했을 절망이라는 감정을, 아주 처절하고 참혹하게 맛보게 될 거다. 제발 죽여 달라고 애원하고 싶을 정도로 끔찍하게 말이지."

허투루 하는 말이 아니었다. 드래곤을 상대로 가벼운 절망 따위는 오히려 불러낼 수도 없을뿐더러, 원래 겁을 주는 건 데스의 취향과도 거리가 있었다.

그의 심기를 건드린다면 결과는 죽음밖에 없었다.

"흥! 마력을 사용하는 순간 너도 인간계에 머물 수 없게 돼. 그런데도 그러겠다고? 그것도 겨우 저 인간 소년을 위해?"

웃기지 마.

말이 되는 소리를 하라고.

"그런 날이 오면 어떻게 될지 되게 궁금해지네."

비꼬긴 했지만 세라리카는 일단 이쯤에서 빠지기로 했다. 어차피 그녀의 목적은 일라이를 데려가는 것뿐이었다. 게다가 저 마족이 뿜어내는 살기도 여간 기분 나쁜 게 아니었다. 그러니 시답잖은 대화는 여기서 끝이다.

딱!

세라리카가 손가락을 다시 한번 튕기자, 머리를 부여잡은 채 고통스러워하던 일라이가 허공에 둥실 떠올라 그녀에게로 스윽 날아갔다.

"끄윽…… 아, 안 돼……."

바율은 이를 악물며 신음했다. 이대로 녀석을 데려가게 할 수는 없었다.

이노센트! 템페스타! 셰임! 스피넬!

제발 일라이를 도와줘!

바율은 속으로 정령들에게 부탁하며 자신 역시 정신을

차리기 위해 갖은 힘을 끌어모았다.

드래곤의 정신계 마법은 워낙에 강력해서 억지로 벗어나려고 했다간 백치가 되는 경우가 다반사였다.

하지만 바율은 언제까지고 기다릴 수 없었다. 일라이를 빼앗기느니 차라리 그편이 낫다고 생각했다.

쑤아앙!

세라리카를 향해 템페스타가 먼저 덤볐다. 날카로운 바람의 칼이 그녀에게 달려들었다.

쐐애액—

이노센트의 물의 창이 허공에 수십 개 떠올랐다. 그것은 곧 세라리카에게로 전속력을 다해 날아갔다.

쩌적— 쩌적—

나무로 만들어진 배의 난간이 조각조각 부서지며 공중에 부유했다. 기회를 엿보는 것인지 셰임은 바로 움직이지 않고 신중했다.

불의 정령인 스피넬은 블루 드래곤과는 상극이나 마찬가지였다. 더욱이 지금은 강물 위였다. 그녀 역시 셰임처럼 조금 뒤로 물러나 급소를 노릴 타이밍을 쟀다.

"정령왕이라도 오면 모를까. 너희들이 내 상대가 될 것 같으냐?"

세라리카는 코웃음을 치며 전신의 힘을 개방했다.

파핫!

그것만으로도 그녀를 향해 날아가던 바람의 검과 물의 창이 허무하게 모습을 감추었다. 곧장 셰임의 공격이 이어졌지만, 그 역시 매한가지였다.

"얌전히 주인 곁에 있거라."

파직―!

네 정령을 향해 전격이 쏘아졌다. 흡사 작은 못 같은 무언가가 쏜살같이 날아가 정확히 정령들의 몸을 관통했다.

"꺄악!"

"윽!"

중급 정령 넷이 공격은커녕 방어조차 제대로 한번 해 보지 못한 채 나가떨어졌다. 전격 때문인지 녀석들이 부르르 몸을 떨어 댔다.

"다, 당신……!"

이전보다 더한 고통이 바율을 강타했다. 정령들의 통증이 고스란히 전해지며 바율은 거의 혼절 직전이었다.

"나의 힘을 몰라본 대가다."

마음 같아선 이 자리에서 전부 몰살시켜 버리고 싶었지만, 데스의 시선이 여전히 그녀에게 머물고 있었다. 여기서 더 나가면 그가 나설 것이고, 그렇게 되면 이번 계획은 모두 수포가 된다.

"그럼 난 이만 갈게."

그녀가 처음 등장했을 때와 같이 방긋 웃으며 바율과 데스에게 인사했다.

"……!"

그렇게 그녀가 돌아서는 순간이었다. 갑자기 뜨거운 기운이 그녀의 가슴을 덮쳤다.

부지불식간에 일어난 일이었다. 세라리카가 놀란 눈으로 밑을 내려다보자, 일라이가 사악한 미소를 띤 채 그녀를 올려다보고 있었다.

그런 녀석의 손과 팔은 화염으로 불타고 있었다.

그리고 오른손.

그 손은 정확히 세라리카의 가슴을 뚫고 심장, 드래곤 하트를 쥐고 있었다.

"네, 네놈이……!"

"이딴 정신계 마법이 나에게 통할 줄 알았나?"

"뭐?"

"그런 것쯤은 나도 충분히 무력화할 수 있거든."

"그럼 너…… 이, 일부러……!"

일라이의 손에 잡힌 드래곤 하트가 빠르게 뛰기 시작했다. 드래곤에게 가장 중요한 것은 머리도 손도 발도 아닌, 바로 심장이었다.

드래곤 하트라 불리는 심장을 잃는 순간, 만년이 넘는 수명은 물 건너가는 것이다. 지상 최강의 생명체라는 그들에게도 죽음은 피할 수 없는 순리였다.

"내 친구들 손끝 하나라도 건드렸다간 가만두지 않겠다고, 내가 경고했었지?"

"크흡!"

일라이가 손을 비틀자 세라리카에게서 거친 신음이 튀어나왔다. 사색이 된 얼굴 하며 흥건해진 땀방울이, 그녀가 진실로 겁에 질렸음을 보여 주고 있었다.

"헤츨링이라도 너무 만만히 보면 안 되지. 당신 말처럼 나도 드래곤은 드래곤. 그중에서도 역사상 가장 강한 피를 타고난 라노스의 자식이야. 설마 그새 잊은 거야? 아니지?"

꾸욱.

"크흑…… 제, 제발……!"

일라이가 심장을 쥔 손에 힘을 가하자 세라리카가 애원했다.

"내일 밤, 수전 번도 더 꾼 꿈이야. 이렇게 당신을 죽이는 순간을 말이야."

일라이의 전신이 스피넬처럼 점점 화염에 휩싸였다.

녀석의 붉은 눈.

확장된 동공에서 광기가 새어 나왔다.

"잘 가."

일라이가 씩 웃으며 손아귀에 마지막 힘을 가했다.

번쩍!

갑작스러운 섬광이 선실을 덮친 것은 그때였다. 그 엄청난 빛은 일순간 나타났다가 사라졌다. 그리고 바율과 일행을 괴롭히던 두통 역시 그 빛과 함께 거짓말처럼 없어졌다.

"라, 라이!"

"뭐, 뭐지? 죽은 건가?"

세라리카가 보이지 않았다. 일라이가 영문을 몰라 어리둥절하는데, 별안간 밖에서 우렁찬 굉음이 터졌다.

"서, 설마!"

일라이가 황급히 선실 밖으로 튀어 나갔다. 바율과 친구들도 몸을 추스를 새 없이 그 뒤를 급히 쫓았다.

"허억!"

그런 그들의 눈에 낯선 형체가 들어왔으니, 그 주인공은 드래곤이었다.

세라리카일 게 분명한 거대한 블루 드래곤이 캄브리아 강 한복판에서 사납게 포효하고 있었다.

"저, 저게 드래곤……!"

말로만 들었던, 몬스터 도감에서 그림으로만 보았던 드

래곤이 정말로 눈앞에 현신했다.

말문이 막히다 못해 숨이 차올랐다. 단언컨대 이토록 거대한 생명체는 그들 평생 본 적이 없었다.

드래곤은 모든 면에서 상상 이상이었다. 보는 것만으로도 전율이 일었고, 어마어마한 몸체는 그들이 타고 날았던 잉그리드와는 비교가 안 될 정도였다.

드래곤은 산이었다.

절대 오를 수 없는 포악한 산.

세라리카를 마주한 일행은 말 그대로 얼음처럼 차갑게 굳어 버렸다.

쿠오오오!

마치 천둥이 내려치듯 거친 울음소리가 사방을 진동했다. 일라이에게 당한 부상 때문인지 세라리카가 날개와 꼬리로 수면을 내리치며 발광을 해 댔다. 그 탓에 강물이 요동쳐 배가 거의 뒤집힐 것처럼 흔들렸다.

"으허허헉!"

"꺄아악!"

난데없는 드래곤의 등장으로 인해 겁에 질려 있던 승객들이 비명을 지르며 자빠졌다. 운 좋게 뭔가를 붙잡고 겨우 버티고 있는 사람이 있는가 하면, 배가 기우는 방향을 따라 힘없이 바닥을 구르는 이들도 있었다. 개중엔 어린아이도 꽤 보였다.

"엄마아아!"

"으아앙!"

울음을 터뜨리며 엄마를 찾는 아이를 본 순간 바율과 일행은 가만히 있을 수 없었다.

제일 먼저 만월 기사단이 나섰다. 그들은 아이들부터 재빨리 구조해 리타와 마족 형제들이 있는 안전한 선실로 데려갔다.

"템페스타!"

바율이 녀석의 이름을 외치자 템페스타가 강물로 떨어지기 일보 직전인 사람들을 번개같이 낚아챘다. 세라리카의 공격으로 받은 상처가 아직 아물지 않았지만, 이런 것쯤은 녀석에게 식은 죽 먹기였다.

촤아아!

퀸의 푸른색 머리칼이 짙게 변했다. 그가 눈을 감은 채 몇 마디 중얼거리자 강물에 빠졌던 사람들이 하나둘 허공으로 치솟았다.

그들의 표정은 물에서 허우적거릴 때와 별반 다르지 않았다. 여전히 이게 무슨 상황인지 파악하지 못했기 때문이다.

"으어어엇!"

공중에서 저절로 몸이 움직이자 사람들이 전부 겁에 질린 채 다리를 버둥거렸다. 그들은 갑판에 무사히 내려오고 나서야 가슴에 손을 얹고 안도의 한숨을 내쉬었다.

지이잉—

퀸은 지체하지 않고 대양의 눈에 힘을 불어넣었다. 일반인의 눈으로는 볼 수 없는 거센 물의 기운이 사방으로 퍼져 나갔다. 그러자 사납게 요동치던 배의 움직임이 서서히 잦아들더니 종국에는 완전히 흔들림을 멈추었다.

세라리카는 지속적으로 엄청난 강파를 만들어 내고 있었지만, 대양의 눈이 보호하고 있는 배에는 더 이상 피해를 주지 못했다.

"서둘러야 해!"

여전히 배 위는 난장판이었다. 그래도 이제 중심을 잃고 쓰러지는 사람은 없었다. 자잘한 부상은 피해갈 수 없었지만, 치료하면 문제 생길 건 없었다. 그들보다 우선해서 신경 써야 할 것은 본체를 드러낸 세라리카였다.

"당장 죽여야 한다고!"

"라이, 그게 무슨 소리야?"

조금 전까지 자신에 차 있던 녀석의 목소리가 거짓말처럼 두려움에 젖어 있었다. 에이단은 드래곤의 포효를 듣고 겁에 질린 잉그리드를 겨우 안정시킨 뒤에야 일라이에게

다가가며 물었다.

"우리, 피해야 하는 거 맞지?"

그때 로건이 끼어들며 다급한 음성을 발했다.

"뭐야, 로건? 갑자기 그건 또 무슨 불길한 소린데!"

"기드온이 위험을 감지했어. 당장 이곳을 탈출해야 한대!"

"기드온이라면 너의 그 에고 소드 말이야?"

로건이 끄덕이며 품 안에서 단도를 꺼내자, 답이라도 하듯 은은한 빛이 새어 나왔다.

기드온은 수많은 전투 경험을 치른 전장의 선배였다. 그렇기에 어디에서든 드래곤을 만나면 무조건 피하는 게 상책이고, 그 드래곤이 만약 본체를 드러냈다면 죽음을 각오해야만 한다는 사실도 알았다.

"기드온은 위기를 감지하는 능력이 뛰어나. 곧 큰일이 닥칠 거야!"

"그 큰일이라는 건 아마도 세라리카 교수를 말하는 거겠지?"

"바율, 퀸……."

어느새 승객들을 대피시킨 바율과 퀸이 합류했다. 이언과 만월 기사단도 돌아왔고, 데스까지 곁에 있었다.

"도려니이임!"

그리고 마족 형제들에게 보호받고 있던 리타가 뒤늦게 상황을 인지하고 걱정이 가득 담긴 얼굴로 득달같이 달려왔다.

"도련님, 괜찮으세요? 어디 다치시지는 않았죠? 으아아아! 저, 저게 뭔가요?!"

바율에게만 눈길을 주었던 그녀가 강 한복판에서 발작하고 있는 블루 드래곤을 발견하고는 경악을 금치 못했다. 예전이라면 기절이라도 했을 텐데, 마신과의 친화력 때문인지 다행히 그런 불상사는 일어나지 않았다.

"블루 드래곤이야."

"드, 드래곤이요?"

평범한 하녀인 리타도 드래곤이 뭔지는 알았다.

그런 무시무시한 몬스터가 왜 저러고 있는 거예요?

녀석이 눈빛으로 물었지만, 바율이 해 줄 수 있는 말은 딱히 없었다.

"이럴 시간이 없어! 어서 가서 숨통을 끊어 놔야 한다고!"

"라이, 진정해! 본체로 변신한 드래곤을 어떻게 죽이겠다는 거야!"

"너희는 정신계 마법 때문에 못 봤을 거야. 내가 저 여자의 드래곤 하트를 부숴 버리려고 했다고! 딱 성공하기 직전이었는데……!"

다시 생각해도 아까운지 일라이가 애꿎은 난간을 주먹으로 내리쳤다.

"…그럼 저게 고통스러워하는 거란 말이야?"

그저 흉폭하게 날뛰고만 있다고 여겼던 친구들에겐 새로운 소식이었다.

"근데 헤츨링인 네가 어떻게 그런 일을 한 거야?"

가장 이성적이라고 할 수 있는 로건이 묻자, 뒤에서 누군가 '헉' 하고 숨을 들이마셨다.

"…맥 보좌관님!"

그나마 데스 형제들이 재빨리 둘러싼 덕에, 리타라도 듣지 못한 게 다행이었다. 반면 맥은 너무 놀란 탓인지 입만 벙긋거릴 뿐 말을 꺼내지 못했다. 평소의 말 잘하던 모습은 온데간데없고 붕어처럼 입술만 달싹거렸다.

"맥 보좌관님, 자세한 설명은 나중에 해 드릴게요. 일단 지금은 이쪽이 더 급하니까요. 라이, 계속해 봐."

"…헤츨링인 나와 성룡인 세라리카는 힘의 차원이 달라. 원래대로라면 내가 그녀를 이길 방법은 절대 없어."

"그런데?"

"그래서 꾀를 내었지. 너희들과 같이 정신계 마법에 당한 양 괴로워하며 끌려가는 척하다가, 그녀의 약점을 한 방에 건드린 거야."

"그게 드래곤 하트라는 거지?"

"응. 내 온 힘을 끌어모아 그녀의 심장을 깨부수려고 했는데…… 보다시피 상황이 이래. 그래도 지금 생각해 보면 운이 좋았어. 그렇게까지 할 수 있을 줄은 나도 몰랐거든."

"그래도 성룡은 성룡인가 보네. 그 와중에 본모습으로 돌아갈 생각을 하다니."

이제야 이 모든 사달이 이해가 갔다.

일행은 아직도 머리가 얼얼했다. 머리를 찔러 오는 고통은 사라졌지만, 후유증은 남아 있었다. 그중 하나가 바로 드래곤에 대한 공포였다.

다시는 되풀이하고 싶지 않을 만큼 끔찍한 통증이었다. 아무리 정신을 차리려 애를 써도 아무것도 할 수가 없었다. 드래곤과 마법의 대단함을 뼈저리게 느낀 순간이었다.

"문제는 지금부터야."

돌연 일라이의 얼굴에 수심이 가득해졌다.

"드래곤은 본체일 때 가장 강력한 힘을 발휘해. 브레스를 뿜어낼 수 있거든."

"부상을 심하게 당했다면서! 곧 도망치지 않을까?"

"아니. 상대는 블루 드래곤이야."

"블루 드래곤이 뭐? 물의 힘이라면 우리에겐 바율과 퀸이 있다고! 안 그러냐, 애들아?"

"어쩌면 해볼 만할 수도."

강물 위라는 건 어쩌면 퀸과 바율에게는 오히려 기회일수도 있었다. 아직 대양의 눈에 담긴 힘의 반의반도 못 쓰는 처지지만, 부상당한 블루 드래곤이라면 바율과 함께 더이상 날뛰지 못하도록 할 수 있을 것도 같았다.

"…그 상처. 지금쯤이면 거의 다 나았을 거야."

"뭔 소리야? 상처가 낫다니?"

"드래곤에겐 모두 자가 치유 능력이 있어. 그중에서도블루 드래곤은 그 능력이 특별히 뛰어나지."

"그, 그러니까 뭐야? 다시 아까처럼 강해졌을 거란 말이야?"

에이단이 부들부들 떨면서 재차 확인하듯 물었다. 일라이는 말없이 고개를 끄덕였고, 일행들은 자신들도 모르게신음을 뱉었다.

무려 본체로 현신한 성룡이었다.

싸움에서 이긴다면 '드래곤 슬레이어'라는 전무후무한타이틀을 따내겠지만, 그럴 가능성은 희박하다. 전멸이라도 당하지 않으면 그나마 다행일 것이다.

드래곤의 마법보다 무서운 것이 브레스라고 하였다. 그걸 고스란히 막아야 한다고 생각하니 저절로 오금이 저려왔다.

"도련님! 피하셔야 합니다!"

이대로 있을 수는 없었다. 이언의 책임은 어떤 순간이 와도 바율을 안전하게 지켜 내는 것이었다.

"템페스타든 잉그리드든, 녀석들을 타고 이곳을 당장 떠나셔야 합니다!"

그러나 이언의 간곡한 청에도 불구하고 바율은 고개를 내저었다.

"아니요, 그럴 수 없습니다."

"예에?"

"저만 살자고 배의 승객들을 버릴 수는 없어요."

어찌 되었든 자신들 때문에 생긴 일이다. 애꿎은 사람들이 피해를 보게 할 수는 없었다.

"그들도 보트를 타고 함께 피신하면 되지 않습니까? 그러니⋯⋯."

"세라리카 교수가 과연 가만히 있을까요?"

"⋯⋯!"

"그녀는 이미 이성을 잃었습니다. 보셨잖아요. 그녀가 이 일대를 초토화하기라도 한다면요? 캔자스시까지 따라와 도시를 엉망으로 만들어도 이언 경은 괜찮으시겠어요?"

아니, 당연히 괜찮지 않다.

바율의 안전을 가장 중요시하다 보니 미처 거기까지 생각하지 못했다. 그러나 사태를 깨닫게 된 이상 이언의 뜻도 바율과 같았다.

"설마 드래곤이 그렇게까지 할까?"

드래곤이 주신에게 명을 받은 건, 인간계를 마족으로부터 지키라는 것이었다. 아무리 흥분했기로서니 그런 막중한 임무를 받고도 함부로 사람들을 해할 수 있을까 싶다.

"훗, 넌 저 여자를 몰라서 그래."

방금 전만 해도 자신을 데려가는 데 방해가 된다는 이유만으로 인간들을 죽이려 했다.

양부인 라예가르에게 눈이 멀어 자신에게 독약까지 먹인 그녀가 아닌가.

그녀는 마치 자신을 죽여야만 이 세계가 평화로울 수 있다고 신에게 소명이라도 받은 양 굴었다.

독 사건으로 아버지는 그녀에게 절연을 선언했고, 현재까지 차가운 태도로 일관 중이다. 아마도 그게 세라리카를 더욱 화나게 하는 것인지도 몰랐다.

Chapter 10.
상급 진화

1.

"어쨌든 막아 보자."

"…우리가 정말 할 수 있을까?"

한시라도 빨리 숨통을 끊어 놔야 한다며 재촉할 때는 언제고, 갑자기 일라이가 머뭇거렸다.

그는 두려웠다.

드래곤 사회에서 미운 오리 새끼인 자신이야 혼자 죽으면 그만이지만, 친구들의 앞길은 아직 창창하다. 자신과 엮이지만 않았다면 지금과 같은 상황은 오지도 않았을 테고, 순조롭게 제국으로 돌아갔을 것이다.

도움은 이미 충분히 받았다. 더 이상 녀석들을 위험에 빠뜨려서는 안 된다고 그의 이성이 머릿속에서 외쳐 댔다.

"여긴…… 내가 알아서 해 볼게."

흥분이 가라앉자 일라이는 오히려 머리가 조금 가벼워졌다. 녀석들을 보내고 어떻게든 시간을 끌어 보자.

'그러면 그가 와 주겠지.'

인간계에 이런 난리가 났는데 로드가 돼서 모른 척하지는 않을 게 분명했다.

"이언 경 말씀대로 너희는 여길 어서 떠나!"

"너 또 미쳤냐? 왜 자꾸 헛소리를 해?"

"라이, 이상한 생각 하지 마. 우리가 같이 있을 거야."

"떠날 거였으면 진즉에 떠났다! 말이 되는 소리를 하라고, 좀!"

"안 돼, 너희까지……."

"네가 우리 상황이었다면 갈 수 있었겠어?"

로건의 물음에 일라이는 선뜻 대답하지 못했다. 그러자 퀸이 강 너머 세라리카를 노려보며 말했다.

"답 나왔군. 그럼 그만 정신 차리고 저 도마뱀 아줌마, 어떻게 처리해야 할지나 얘기해 봐."

"도마뱀 아줌마?"

"이제 교수도 아니잖아."

"그건 그렇지만…… 도마뱀은 드래곤을 비하하는 표현

인데, 라이 앞에서 사용하는 건 좀 아니지 않냐?"

"왜, 기분 나빠?"

"그럴 리가 있겠냐. 나한테만 안 쓰면 되지."

일라이는 진심으로 조금도 상관없었다. 게다가 지금 당장 그에게는 그런 호칭 따위보다 친구들의 안위가 더 우선이었다.

"근데 너희, 진짜로 괜찮겠어? 상대는 드래곤이야. 그것도 본체를 드러낸 성룡이라고. 솔직히 말해서 전부 개죽음당할지도 모른다니까?"

"그래서, 그 개죽음 너 혼자 당하려고 그랬냐?"

"아니, 난……."

에이단이 흘겨보자 일라이는 또다시 말문이 막히고 말았다.

"라이. 너도 너지만, 승객들을 모른 척하고 갈 수는 없어. 그들이야말로 애먼 피해자가 될 거야. 그러니까 우리가 여기 남는 게 네 탓이라고 생각하지 마."

스스로를 자책하는 게 얼마나 힘든 일인지 바울은 누구보다 잘 알았다. 그래서 일라이가 왜 이런 태도를 보이는지도 쉽게 짐작이 갔다.

"다 같이 힘을 합치면 가능할 거야. 나와 정령들, 그리고 대양의 눈을 지닌 퀸과 드래곤인 라이, 너의 능력…… 마지막으로 데스까지 도와준다면 우리에게도 승산은 있어."

바율은 이제껏 조용히 자리를 지키고만 있던 데스에게 간절한 눈빛을 보냈다.

그가 드래곤 간의 일에 끼어들고 싶지 않아 하는 건 알고 있었다. 이해도 간다.

하지만 지금은 모두가 위험에 빠졌다. 데스라면, 마신 중에서도 가장 강하다는 그가 거들어 준다면 틀림없이 세라리카를 물리칠 수 있을 것이다.

바율은 그에 대한 믿음이 있었다. 여태껏 바율이 겪어 온 데스는, 괴팍하고 때론 무심해 보여도 그 속은 따뜻한 인물이었다.

"…이 배만이야."

데스는 하는 수 없이 승낙했다.

"난 딱 이 배 하나만 책임지겠어."

다른 건 너희가 다 알아서 해.

생각만으로도 벌써 귀찮다는 듯 데스가 미간을 좁히며 무어라 혼자 투덜거렸다.

"고마워요, 데스!"

그것만으로도 든든했다. 앞으로 세라리카가 어떤 공격을 해 와도 이 배는 멀쩡할 거란 소리였기 때문이다. 다시 말하면 최소한 승객들의 목숨은 보장할 수 있다는 뜻이기도

했다. 대양의 눈도 계속 배를 지키는 데에만 쓸 수는 없었는데, 한시름 놓았다.

"드래곤의 숨통을 끊어 내는 방법은 한 가지뿐이야."

데스가 수락하자 일라이가 기다렸다는 듯 나지막하게 입을 열었다. 마족인 데스를 늘 마뜩잖아하던 녀석이지만, 그의 실력만큼은 인정하는지 한결 안심한 눈치였다.

"심장. 무조건 심장을 노려야 해."

"드래곤 하트 말이지?"

"어, 내가 그랬던 것처럼 방심한 틈을 타서 한 방에 끝내 버려야 해."

"여기서 죽은 척할 수도 없고, 방심한 걸 우리가 무슨 수로 알아내지?"

"브레스를 막 뿜어낸 직후! 상당 기운을 소진했을 테니까, 그때가 가장 취약할 거야. 그 순간을 잡아야 해."

일라이의 드래곤 강좌는 그게 다였다. 정리하면 세라리카를 없애기 위해선, 적어도 브레스를 한 번 이상 받아 내야만 한다는 의미였다.

그것이 진정 가능한 일일까?

모두가 긴장한 채 난간을 부여잡고 세라리카를 주시했다. 그녀의 몸부림은 그새 서서히 줄어, 안정을 찾아가고 있었다.

"…벌써 치유가 끝난 거야?"

아무리 드래곤이라지만 심장이 타들어 가는 듯한 고통이었을 텐데, 이건 사기에 가깝다. 저런 존재를 상대하는 걸 넘어, 이겨 내야 한다니. 다들 말을 아끼고 있을 뿐, 속으로는 경악을 금치 못하고 있었다.

꾸아아아!

세라리카가 다시금 포효했다. 하나 지금까지와는 행동이며 소리 자체가 달랐다. 그녀의 커다란 눈알이 번뜩이더니 그 시선이 이쪽으로 향했다.

쿠웅!

거대한 몸체가 다리를 세우고 방향을 틀었다.

후아악!

그녀가 두 날개를 펼치자 강풍이 여기까지 밀려왔다.

타핫! 타핫!

블루 드래곤의 가시 돋친 긴 꼬리가 수면을 사정없이 내리쳤다. 강물이 크게 출렁이더니 강바닥에 있던 흙과 돌 등이 공중으로 튀어 올랐다.

감히 나를 죽이려고 들어?

살의에 가득 찬 세라리카의 음성이 머릿속을 울렸다.

그녀가 입을 벌리자 소름 끼치는 한기가 일행을 덮쳤다.

대기가 그녀의 뜻에 따라 빠른 속도로 휘몰아쳤다. 강물 역시 급류처럼 그녀의 입속으로 빨려 들어갔다.

모조리 갈기갈기 찢어 죽여 버리겠다!

세라리카는 울분에 차 있었다. 가장 경멸하고, 천박하다 여기던 일라이에게 당한 것이 그녀를 더더욱 수치스럽게 만들었다.

쑤아아아아!

크게 벌려진 블루 드래곤의 시커먼 아가리 속에서 결국 브레스가 뿜어졌다.

언뜻 보면 엄청난 수압의 거대한 물 대포인 듯했지만, 그 안에는 수천, 수만 개의 물 폭탄이 내재되어 있었다.

저것을 맞는 순간 배는 물론이요, 강을 넘어 인근 마을에 까지 영향을 끼칠 터였다. 그야말로 재앙이나 마찬가지였다.

쿵쾅쿵쾅.

바율의 심장이 미친 듯이 뛰었다. 용기 있게 나서기는 했지만, 두렵지 않은 건 아니었다.

아버지!

저절로 아버지 생각이 떠올랐다. 곁에 계셨다면 아무리 드래곤이라 해도 이처럼 겁나지는 않았을 것이다.

언제든 아비가 너와 함께 있다고 여기거라.

무슨 일이 생기면 꼭 그리하라고 당부하셨다.

'네, 아버지. 저는 혼자가 아닙니다!'

바율은 양 주먹을 불끈 쥐었다. 그런 바율의 머리 위로 사대 정령 또한 마음을 단단히 먹은 채 떠올라 있었다.

바율은 가진 힘을 모두 끌어모아 날아오는 물 대포를 향해 힘껏 쏘았다. 정령들이 바로 힘을 보탰고, 퀸 역시 대양의 눈을 앞으로 내민 자세로 물의 기운을 극대화했다.

일라이는 일라이대로 물과 상극인 불의 장막을 씌웠고, 로건과 에이단은 그런 친구들의 뒤에서 행여 녀석들이 넘어지지 않도록 버팀목이 되어 주었다.

이언과 만월 기사단도 함께 대응했다. 그들은 각자 최선의 방어막을 구사하며 혹시 생길 수 있는 변수를 대비해 만반의 준비를 했다.

쫘앙!

양쪽의 기운이 충돌하자 요란한 굉음과 함께 강물에 거대한 물보라가 일었다. 강 아래, 땅 밑에서는 지진이라도 난 듯 지반이 격하게 흔들렸다.

서로의 기운이 맞부딪친 지점에선 연쇄적으로 폭발이 발생했다. 날카로운 파편들이 사방 천지로 날아가는 것을 템페스타가 용케 막아 냈다.

하지만 아무래도 성룡을 상대하기엔 무리였을까.

호각지세는 잠시였을 뿐, 점점 승기가 세라리카에게로 넘어갔다. 바율과 퀸의 얼굴이 어느덧 땀으로 흠뻑 젖었다.

승객들은 전부 선실로 피신한 상태였다. 데스가 있었기에 망정이지, 만약 브레스가 이대로 배를 덮친다면 모두가 사망이었다. 아마 일말의 흔적조차 없이 가루가 될지도 모른다.

이후에라도 이런 일은 절대 벌어져서는 안 되었다.

내가 그렇게 두지 않을 거야!

전대 정령왕님들, 듣고 계세요?

여기서 물러날 수는 없습니다!

정령계의 복원을 위해서라도 제발 저를 도와주세요!

바율은 이제껏 그래 왔듯 염원을 담아 전대 정령왕들에게 간청했다.

"크흑!"

"아, 안 돼!"

그러나 이번에는 기도가 통하지 않았다. 어떻게든 안간

힘을 쓰며 버텨 보려 했지만, 세라리카의 힘은 너무나 강력했다.

꽈앙!

다시금 폭발음이 터지며 브레스가 일행이 탄 배를 강타했다.

"데스!"

이제 믿을 건 그밖에 없었다. 바율은 저도 모르게 비명처럼 데스의 이름을 외쳤다.

"……?"

기이한 변화가 생긴 것은 그때였다.

난데없이 바율에게서 마력이 뻗어 나온 것이다. 대마족에게서나 느낄 수 있는, 순도 높고 막대한 양의 마력이 녀석에게서 흘러나왔다.

놀라운 건 그다음이었다.

"설마……!"

데스에게서 신음이 터졌다. 그의 눈에 믿을 수 없는 광경이 펼쳐졌기 때문이다.

"혀, 형님! 저건……!"

데스의 동생들도 믿기 힘든지 눈을 비비고 또 비볐다. 인간이, 마족도 아닌 인간이 어떻게 이럴 수가 있단 말인가.

아닌 게 아니라 모든 기운이 바율에게로 빨려 들어가고

있었다. 거기엔 아군, 적군도 없었다.

대양의 눈에서 나오는 기운, 배를 지키고 있던 데스의 힘, 무엇보다 세라리카가 혼신의 힘을 다해 뿜어낸 브레스까지. 바율은 마치 영양분을 삼키듯 그것들을 모조리 흡수하고 있었다.

당연히 배는 멀쩡했다. 조금의 피해도 없었다. 두려움에 떨었다는 게 어이가 없을 정도였다.

상대의 힘을 흡수하는 것.

그건 데스가 측근들 말고는 누구에게도 공개하지 않은, 그의 특별한 힘 중 하나였다.

그게 저 녀석에게 넘어갔다는 말인가?

자신의 많고 많은 권능 중에서, 하필이면 남의 힘을 가져와 쓸 수 있는 저 무시무시한 능력이?

대마족 출신이 아닌 데스가 서열 9위의 총사령관이 될 수 있었던 건 상대의 기운을 빼앗아 자기 것으로 만드는 능력 덕이었다. 그에게 힘을 빼앗긴 자들은 전부 마계에서 죽음을 맞이했다.

데스는 바율이 자신의 고유 능력인 절망을 이용했다는 얘길 들었을 때보다 지금이 더 기가 막혔다.

"그런데, 인간의 몸으로 드래곤의 힘을 견딜 수 있을까요?"

아몬이 다가와 걱정스러운 음색을 발하자, 데스가 눈살을 찌푸리며 고개를 저었다.

"글쎄. 어떻게 되려나……."

기운을 담으려면 그에 맞는 공간이 필요하다. 상대는 드래곤이었다.

고작 열일곱의 인간 소년이 그 힘을 감당할 수 있을까?

전대 정령왕의 기운을 품고 있는 것만으로도 벅찬 상태일 텐데, 자칫 잘못하다간 힘을 견뎌 내지 못하고 산 채로 몸이 산산조각 날 수도 있었다.

쿠아아아!

마침내 브레스가 멈췄다. 아무것도 하지 못했다는 분함에 자학이라도 하듯 세라리카가 거친 울음을 토하며 몸부림을 쳐 댔다.

바율은 눈을 뜨고 있었다. 그렇지만 초점이 흐릿했다. 몸 역시 석상이라도 된 듯 아무런 움직임이 없었다.

"바, 바율?"

놀란 친구들이 조심스레 녀석을 불러 보았지만, 여전히 반응 하나 없었다. 친구들은 혹시라도 바율이 잘못될까 봐 녀석의 몸에 함부로 손도 대지 못했다.

"으아악!"

그때 별안간 바율에게서 엄청난 불빛이 새어 나왔다.

정확히 네 갈래의 빛.

그 빛줄기가 곧장 사대 정령들을 향해 쏘아졌다.

화가 난 블루 드래곤이 바로 코앞에 있다는 것도 잊은 채, 일행은 멍하니 정령들을 올려다보았다.

다시 볼 수 없는 진풍경이었다. 바율에게서 시작된 빛줄기가 네 정령과 직선을 그리며 밝아졌다 흐려지기를 반복했다. 마치 흡수한 에너지를 녀석들에게 나누어 주기라도 하듯이.

"데스."

바율을 걱정스럽게 바라보던 퀸이 돌연 인상을 쓰며 데스에게 물었다.

"지금 이거, 설마 당신 때문인 겁니까?"

"데스 때문이라니? 퀸, 그게 무슨 말이야?"

에이단은 바율이 세라리카를 비롯한 데스와 퀸의 힘을 빨아들였다는 사실을 알지 못했다. 눈으로 볼 수 있는 힘이 아닌 탓이다.

하지만 대양의 눈의 주인인 퀸은 분명하게 느꼈다. 드래곤인 일라이도, 예민한 감각을 타고난 이언 역시 어렴풋이나마 무슨 일이 벌어지고 있는지 짐작한 상태였다.

"우린 세라리카의 브레스를 물리치지 못했어."

"그래, 데스가 막아 준 거잖아."

그가 약속했다. 배만은 지켜주겠다고. 에이단은 당연히 그래서 이렇게 무탈할 수 있었다고 생각했다.

"아니, 그 전에 바율이 채 간 거야."

"…채 갔다고?"

이해하기 힘든 말이었다. 그에 로건까지 뭔 소리냐는 듯 돌아보자 퀸이 말했다.

"나도 정확히는 모르겠는데, 바율이 흡수한 것 같아."

"흡수?"

"녀석에게 내 힘은 물론, 데스의 마력, 세라리카…… 저 여자의 힘까지 전부 빨려 들어갔어."

"…그게 말이 돼? 바율이 무슨 거머리냐? 그런 걸 어떻게 해?"

너무 황당한 나머지 에이단과 로건은 쉽게 믿지 못했다. 남의 힘을 그런 식으로 흡수하는 사람이 있다는 얘기는 듣도 보도 못했다.

"근데 퀸, 너는 별로 놀란 것 같지가 않다? 설마 인어국에선 흔한 현상인 거냐?"

"……."

퀸은 말없이 고개만 저었다. 그도 살면서 이런 건 처음 본다.

"그리고 이게 왜 데스 탓이라는 건데?"

바율이 남의 기운을 흡수했다는 것도 이상하지만, 뜬금없이 데스를 거론한 이유가 의아했다.

"바율에게서 마력을 느꼈으니까."

"마력이라면 마족의 기운? 퀸, 너 그런 것도 느껴?"

"이걸 얻은 이후로는."

퀸이 자신의 손가락에 끼워진 대양의 눈을 잠시 내려다보았다.

그때, 예상치 못한 상황에 잠시 얼이 나가 있던 일라이가 가까스로 정신을 차리곤 데스에게로 성큼 다가왔다.

"너…… 대체 바율에게 무슨 짓을 한 거야! 저 녀석한테 지금 무슨 일이 벌어지고 있는 거냐고!"

일라이는 당장 데스의 멱살이라도 잡을 태세였다. 세라리카를 만난 이후로 자제력을 상실했는지, 그런 녀석에게서 순간 뜨끈한 열기가 피어올랐다.

"난 아무것도 안 했는데."

"그딴 거짓말을 나보고 믿으라고? 바율에게서 너와 같은 기운이 이렇게 강하게 느껴지는데? 이건 단순한 친화력을 넘어선 수준이잖아!"

"진정하십시오. 안 그래도 그것 때문에 정령들이 곧 진급할 것 같으니까."

이건 또 무슨 소리인가?

아몬의 갑작스러운 말에 데스에게 계속 폭언을 퍼부으려던 일라이까지 멈칫했다.

미래를 보고 행운을 점치는 아몬이기에 그의 말은 대수롭지 않게 여길 수가 없었다.

"총사령관님, 제가 잠시 얘기를 꺼내도 괜찮겠습니까?"

"이미 벌어진 일이야. 더 숨길 것도 없지."

데스가 마음대로 하라는 듯 턱짓하자 아몬이 설명했다.

"총사령관님께선 많은 능력을 보유하고 계십니다. 일전에 바율 도련님이 자레드에게 절망을 심었다는 건 이미 알고 계실 겁니다."

"알다마다요. 그때 얼마나 놀랐는데요? 마족도 아닌 인간이 그런 걸 할 수 있다는 게 말이 안 되잖아요."

"후훗, 그렇죠."

아몬의 감긴 눈이 안경 너머에서 둥글게 휘어졌다.

"방금, 그런 일이 또 발생한 겁니다."

"…엑?"

"상대의 기운을 흡수하는 것. 총사령관님이 갖고 계신 권능 중의 하나이지요. 아마도 그 능력이 바율 도련님에게도 전이된 듯합니다."

"치, 친화력이 강하다는 이유만으로 그럴 수가 있는 겁니까?"

생각지도 못했던 사실에 로건은 놀라서 말까지 더듬었다.

"지금 보고 계시질 않습니까?"

허공으로 향하는 아몬의 시선을 따라 일행의 시선도 움직였다. 바율과 정령들을 잇고 있는 빛의 직선은 여전히 변함이 없는 상태였다.

"참고로 조금 전까지는 저 또한 염려가 되었습니다. 너무 많은 힘을 한꺼번에 받아들이면 위험하니까요. 과거 총사령관님께서도 몇 번 위태로우셨던 적이 있었습니다."

"그런데요? 바율은 괜찮다는 거죠?"

"좀 더 지켜봐야겠지만, 괜찮을 것 같습니다. 정령들 덕분에 바율 도련님의 힘이 분산되고 있거든요."

"분산이라면…… 바율이 흡수한 기운을 정령들에게 나눠 주고 있다는 뜻입니까?"

"아! 그래서 진급을 할 거라고 하신 거군요!"

이제야 비로소 의문들이 풀렸다.

"바율……."

"도련님……."

걱정으로 가득하던 친구들과 이언의 얼굴에서 그제야 주름이 조금 펴졌다.

그러나 한 사람, 맥은 여전히 충격에서 벗어나지 못한 듯

창망한 표정을 짓고 있었다.

리타와 같이 안전한 선실에 도로 들어가 있으라는 제안에도 보좌관이 되어서 그럴 수 없다며 버티더니, 결국 데스가 마족이라는 것까지 알아 버렸다. 다들 경황이 없어 맥에게 신경 쓰지 못해서 그렇지, 사실 지금 맥이야말로 정신 상태가 가장 너덜너덜했다.

"저, 아몬."

바율과 정령들을 보고 있던 로건은 문득 의문이 들었다.

"그럼 혹시 사대 정령 모두가 상급 정령이 되는 겁니까?"

"헐, 넷이 한꺼번에?"

놀라는 에이단에게 로건은 똑바로 보라며 손가락을 들었다.

"빛이 네 갈래로 향하고 있잖아. 저 중에서 누구는 진급하고, 누구는 진급하지 못하는 상황이 오지는 않을 것 같은데?"

다들 거기까지는 생각지도 못했다. 순서가 따로 있는 건 아니었지만, 매번 한 명씩 성장했기 때문이다.

"으아, 어떡하지?"

별안간 에이단이 엉덩이에 불이 붙은 망아지처럼 펄쩍 뛰었다.

"왜 그래?"

"템페스타 말이야! 내가 녀석에게 제일 먼저 상급 정령이 될 거라고 했었잖아. 그 녀석, 또 울고불고 난리 치면 어떡하지? 설마 녀석 혼자만 상급 정령 못 되는 건 아니겠지?"

악!

그걸 상상하는 것만으로도 대단한 피로감이 몰려왔다. 하물며 그때는 하급 정령이었는데, 지금은 무려 중급이다. 그런 녀석이 화가 나면 어떤 일이 생길지, 에이단은 벌써부터 겁이 났다.

"그러게 왜 그런 말도 안 되는 뻥을 쳤냐?"

"내가 치고 싶어서 쳤어? 달래려고 그랬던 거잖아!"

그때는 그게 최선이었단 말이다!

"으음, 너무 걱정 마십시오. 제 예감에 그럴 일은 없을 것 같으니까요."

"정말요? 진짜예요, 아몬?"

아몬의 예지력은 이미 증명을 한 바 있었다. 그의 말에 반색하던 에이단은 돌연 다시 안색이 어두워졌다.

"근데, 넷이 진급해도 문제야. 템페스타 성격에 가만히 있을까? 이노센트보다 빨리 상급이 되고 싶어 했는데, 같이 되었으니 열 받아 하는 거 아니야?"

"에이, 아니겠지……."

그렇게 말은 했지만, 친구들의 얼굴에도 점점 불안감이 피었다. 템페스타를 너무나 잘 아는 탓이었다.

"…우기자."

"뭐?"

"바율에게서 나온 저 빛. 저게 제일 먼저 템페스타에게로 향했다고 하면 좀 낫지 않겠어?"

"…그래서, 결론은 템페스타가 제일 먼저 상급이 된 거다?"

"어! 어때, 괜찮지?"

템페스타 첫 번째 상급 정령 진급설.

녀석이 믿어 주기만 한다면 그 이야기는 설이 아니라 진짜가 된다.

"그게 통하겠냐?"

질문하는 일라이나 다른 친구들 역시 어이없다는 듯 에이단을 쳐다봤다. 가만 보면 이 녀석이 어떻게 학부 수석을 하는 것인지 이해가 안 간다.

"통할지, 통하지 않을지는 두고 보면 알겠지."

기실 지금 가장 중요한 건 작금의 상황이 어떻게 마무리가 되냐는 점이었다. 아직 바율이 정상으로 돌아온 것은 아니기에 완전히 안심할 수도 없을뿐더러, 세라리카를 처리하지도 못했다.

브레스를 뿜어낸 직후였기에 잠시 숨을 고를 뿐, 그녀는 여전히 건재했다. 분명 조만간 다시 공격해 올 터였다.

"바율, 서둘러야 해."

파핫!

빛줄기의 움직임이 멈춘 것은 그때였다. 친구들의 바람이 닿은 듯, 한순간에 모든 빛이 사라졌다.

"후아아!"

그리고 너무나 다행스럽게도, 바율이 거친 숨을 몰아쉬며 평상시 모습으로 돌아왔다.

"바율! 너 괜찮아?"

"도련님! 정신이 드십니까?"

"응, 난 괜찮아."

모두의 걱정이 무색하리만치, 바율은 이상할 정도로 몸과 정신이 멀쩡했다. 그의 눈빛이 말똥말똥 빛나는 것을 보고 일행은 아몬의 말이 진실이었음을 다시 한번 깨달았다.

겉은 그대로지만, 풍기는 느낌이라고 해야 할까.

바율은 오히려 이전보다 더 생기 있어 보였다.

"휴우! 나 간 떨어지는 줄 알았잖아! 제발 부탁인데, 그만 좀 놀라게 해라!"

"에이단, 미안하지만 아직 놀랄 일이 더 남았어."

바율은 싱긋 웃으며 자랑스럽게 고개를 들었다.

바율과 정령들은 보이지 않는 끈처럼 서로가 연결되어 있었다. 녀석들에게 일어난 변화를 바율 역시 고스란히 느낀 것이다.

"어어!"

"지, 진급했다!"

빛이 사라지고 난 자리, 그곳엔 한눈에 봐도 완전히 달라진 네 정령이 존재했다.

아몬의 예언 덕에 짐작은 하고 있었지만, 실제로 보니 기분이 남달랐다.

그들은 약속이라도 한 듯 천천히 갑판으로 내려섰다.

"다들…… 커 버렸네."

십 대 후반 정도라고 해야 할까.

사대 정령 모두가 훌쩍 자랐다. 아니, 셰임만은 자란 게 아니라 중급 때처럼 오히려 어려졌다. 중후한 미중년의 모습이었던 그는 이번엔 완연한 청년이 되어 있었다.

풀어헤친 검은색 셔츠 사이로 이전에는 없던 탄탄한 근육이 자리했고, 발목이 드러나는 검은색 바지에 푸른 나무를 연상케 하는 솔을 어깨에 둘렀다.

까만 피부와 이마에 박힌 보석은 그대로였지만, 항시 잘 정돈되어 있던 머리칼은 조금 더 길어진 데다 약간 흐트러져 있기까지 했다.

전체적으로 느낌이 전보다 자유로워진 것 같았다.

템페스타는 한결같이 맨발에 잠옷 차림이었는데, 그전까지 별로 길지 않던 은청색 머리카락이 이제는 허리까지 늘어졌다.

녀석의 트레이드 마크라 할 수 있는 한쪽만 땋은 머리칼도 여전했다. 나이가 들어서인지(?) 눈매가 조금 날카로워진 것 같기도 했다.

분위기가 가장 많이 달라진 건 이노센트였다. 발랄한 소녀 이미지였던 녀석이 갑자기 엄청난 청순미를 뿜어낸 것이다.

머메이드 라인의 드레스를 입은 채 미소를 짓고 있는 이노센트의 모습은 뭇 남성들을 홀리기에 충분했다.

설마 저 얼굴로 전처럼 막말하고 그러는 건 아니겠지?

녀석의 확 달라진 모습에 다들 저마다 비슷한 생각이 머릿속을 스치고 지나갔다.

온몸에 불꽃을 피우고 있던 스피넬은 상급으로 올라서자 그 불길이 외려 잦아들었다. 수북하던 머리칼은 포니테일 스타일로 높게 묶여 있었고, 옷차림은 많이 짧고 얇아졌다.

바율은 뿌듯한 눈빛으로 정령들을 바라보았다. 하루라도 빨리 상급 정령이 되면 좋겠다고 그토록 바라 왔는데, 한 명도 아니고 넷 전부 상급이 되었다는 게 믿기지가 않았다.

중급 정령일 때와는 비교조차 할 수 없는 기운이 녀석들에게서 느껴졌다. 넷만으로도 세라리카를 물리치기에 충분하단 확신이 들 정도였다.

쿠오오오!

때마침 세라리카가 포효했다. 그 사이 기운을 회복한 듯 그녀가 또다시 아가리를 벌리고 있었다.

하지만 이제는 두렵지 않았다.

바율은 상급 정령이 된 녀석들과 인사를 나눌 새도 없이 명령부터 내렸다. 아니, 내리려 했다.

"이게 뭐 하는 짓이야!"

그때 별안간 분노에 찬 라예가르의 음성이 벼락처럼 내리쳤다. 이어 캄브리아 강 한복판에 그가 모습을 드러냈다.

"이사장님!"

라예가르의 등장은 일행에게 구원이나 마찬가지였다. 아직 상급 정령의 힘을 모르는 에이단으로선 당장 만세라도 부르고 싶었다. 바율 역시 정령들의 능력을 확신할 순 없었기에 그의 등장에 내심 안도했다.

"웃기는 상황이군."

그런데 언제부터였을까.

일행의 뒤편에서 불쑥 생경한 남자의 목소리가 들려왔다.

"인간과 동족을 해치려는 드래곤, 그리고 그들을 지키려는 마족이라니. 일부 인간들의 생각대로라면 본디 그 반대가 돼야 하는 거 아닌가?"

"폐, 폐하!"

아몬이 황급히 허리를 숙이며 새롭게 나타난 사내에게 예를 올렸다.

그런데 폐하라고?

마족인 아몬이 그리 부를 수 있는 존재는 이 세상에 딱 하나밖에 없다.

마황, 크루델리스.

냉혹의 신.

예기치 못한 그의 등장에 바율과 일행은 온몸의 털이 삐죽 곤두서는 듯한 감각을 느꼈다.

〈다음 권에 계속〉

4컷 만화

변치 않는 성격

여기서 정령 좀 보여줄 수 있어?

웅성

웅성

어떤 걸 보여주면 되려나….

부탁할게, 이노센트!

응?!

없애버리면 되는 거지?

뭐!?

아니야, 저기 있는 와인을…

창으로 만들까?

제발 진정해 이노센트

난폭한 마신

젠장!

콰당

야식 금지라니, 살다 살다 이런 끔찍한 처분을…

멈칫

주섬

척

망할…!!

더 혼나고 싶지 않음

『제왕록』, 『무림에 가다』 시리즈의 작가 박정수
그가 거침없는 현대 판타지로 돌아왔다!

『신화의 전장』

주먹을 믿지 마라.
우리가 살아가는 이 땅에 인간을 벗어난 자들이 존재한다.

dream
books
드림북스

ETAN 의탄

ORIGINAL FANTASY STORY & ADVENTURE

쥬논 판타지 장편소설

〈흡혈왕 바하문트〉, 〈샤피로〉, 〈하라간〉을 잇는
쥬논의 사대신수 시리즈, 그 마지막 이야기!

혹독한 훈련을 받고 가문을 위한 희생양으로서
다른 차원으로 보내진 이탄.
듀라한으로 다시 태어난 그는 신관이 되어
본래 세계로 돌아갈 방법을 찾기 시작한다.

dream books
드림북스

DREAMBOOKS

DREAMBOOKS